清风弄月

赵家镛诗词选

赵家镛 著

西南交通大学出版社

·成 都·

图书在版编目（CIP）数据

清风弄月：赵家镛诗词选 / 赵家镛著. —成都：
西南交通大学出版社，2017.5
ISBN 978-7-5643-5442-8

Ⅰ. ①清… Ⅱ. ①赵… Ⅲ. ①诗词 – 中国 – 当代
Ⅳ. ①I227

中国版本图书馆 CIP 数据核字（2017）第 102227 号

清风弄月
——赵家镛诗词选

赵家镛　著

责任编辑	梁　红
助理编辑	邱一平
封面设计	严春艳
出版发行	西南交通大学出版社
	（四川省成都市二环路北一段 111 号
	西南交通大学创新大厦 21 楼）
发行部电话	028-87600564　87600533
邮政编码	610031
网址	http://www.xnjdcbs.com
印刷	四川煤田地质制图印刷厂
成品尺寸	148 mm×210 mm
印张	7.75
字数	156 千
版次	2017 年 5 月第 1 版
印次	2017 年 5 月第 1 次
书号	ISBN 978-7-5643-5442-8
定价	35.00 元

《清风弄月》自序

诗歌是最早出现的一种文学体裁。《诗大序》中说："诗者，志之所之也；在心为志，发言为诗。情动于中而形于言，言之不足，故嗟叹之；嗟叹之不足，故咏歌之；咏歌之不足，不知手之舞之，足之蹈之也。"这说明诗歌是人们触景生情，睹物起情，缘事抒情的产物。

在进行诗歌创作的时候，诗人总是浮想联翩，上下几千年，纵横几万里，都与诗情相连，包揽宇宙万物，感情非常丰富。同时，伴随着强烈的感情活动，诗歌中也就飞驰着诗人的想象。古往今来，日月风云，高山大河，碧海波涛，天上人间，鸟鸣树摇，鱼跃鹰翔，瀑流飞泻，人际交往，生活感悟等，都通过诗人联翩的思绪与丰富的想象而联系起来。我的诗集《清风弄月》就是在这样的情境中，按照格律诗的韵律，反复吟咏，反复推敲，然后书于笔端，存于稿本，闲暇时用心整理而成的。我的诗歌主要吸收了《诗经》现实主义、屈原《离骚》的浪漫主义，杜甫、李白等唐代作家的创作方法，也从宋词、元曲、清诗中吸取养分。有的诗多达 10 种表达技巧，如《登象山偶感》；有的诗用了 14 种修辞手法，如《雪啊，我读不懂你》，自谓一绝。

这本诗集共收录了我写的各种体裁的诗词近 500 首，分为三编。第一编，《论语·解啐》；第二编，《龙吟长空》；第三编，《溅玉飞珠》。第一编计有格律诗 226 首。后两编计有四言诗 2 首，五绝 38 首，五律 7 首，七绝 166 首，七律 16 首，词 19 首，散曲 2 首，杂诗 2 首，古体诗 1 首，课文诗 14 首，现代诗 2 首。另外收录了家训、格言 2 则，对联 14 副，祭文 1 篇。这些诗词体现了我的文学观：因事而作，缘情而吟；意气并重，浸润初心。下面就三编的有关情况作一个简单的介绍。

一、用格律诗来解读《论语》博大精深的思想，育人启智

《论语》，语录体文集，它记载了孔子及其弟子的言语行事，由孔门弟子及其再传弟子纂集而成，约成书于战国时期。全书 20 篇，400 多章，各篇没有中心内容，只是以这一篇第一章头两个字作篇名。

孔丘，字仲尼，尊称孔子。鲁国陬邑（今

山东曲阜）人。他是我国春秋末期著名的思想家、政治家、教育家、学者、儒家创始人。年轻时做过管理粮仓及放牧的小官，晚年致力教育，同时整理《诗经》《尚书》，删修《春秋》。

《论语》一书较为完整地保存了孔子的思想与学说。孔子思想的核心是"仁"，所谓"仁"，就是"爱人"，要做到"仁"，必须"克己复礼"。

孔子的思想学说，自西汉以来，成为中国两千年来封建文化的主流，历代统治者奉孔子为圣人，《论语》也就成了圣经。东汉时，它被列为"七经"之一。南宋时，朱熹又把它与《孟子》《中庸》《大学》合为"四书"。孔子的思想有三个方面：第一是基本的治国之道——为政以德；第二是以"仁"为核心的道德思想体系；第三是教育思想：以德为先、有教无类、因材施教、循循善诱，等等。

我们今天正在建设社会主义的新文化，今天是从古代发展而来的，社会主义新文化也需要从古代传统文化中汲取思想营养。过去有人认为，只有西方文化才能促进现代化发展，东方文化于现代化是不相容的，极力鼓吹全盘西化，有的国家这样做了，结果失败了。日本和东亚的一些国家和地区，没有完全抛弃东方传统，而把学习西方与继承、改造传统相结合，结果取得了成功。因此，要建立社会主义新的文化体系，必须批判地继承、发展传统文化，创造新文化，惠及大众。

我读高中时，就开始学习《论语》，四十年过去了还背得"颜渊问仁。子曰：'克己复礼为仁，一日克己复礼，天下归仁焉。为仁由己，而由人乎哉。'"那时是批判地继承；大学毕业后教中学语文，读《孔子语录》："学而时习之，不亦说乎？有朋自远方来，不亦乐乎？人不知而不愠；不亦君子乎？"等等，那是汲取孔子教育思想的精华；2016年暑假，再通读《论语》，更觉博大精深。当读到《论语·颜渊篇》："子曰，听讼，吾犹人也。必也使无讼乎？"，联想到我的好多位学生在全国各省、市、区当人民法官，于是诗兴大发，吟了一首五绝《读<论语>有感》："《论语》品一周，愿为诉讼头。仁心来判案，天下少徒囚。"于是产生了继承、发展、创新的念头，又受2016年诺贝尔文学奖获得者鲍勃·迪伦

"在伟大的美国歌曲传统中开创了新的诗性表达"的鼓舞，就想用格律诗这种中国文化传统的优秀文学样式来解读《论语》，以期惠及更多的读者。写作流程是这样的：读透文本，明晓注解，集众之说，谨遵格律，大意不变，适当阐发，反复吟咏，明白晓畅。全是五言绝句、律诗，七言绝句、律诗。完全按篇、章顺序来写。在写作的过程中，得到北京市语文特级教师陈维贤的鼓励，他又积极联系出版社出版。出版社多次催稿。我信心满满，工作之余，发奋阅读写作。三个多月后，就写出了《<论语>解啐》前10篇（上册）初稿。

二、继承优秀的文化传统，《龙吟长空》是学用结合的结晶

我祖籍江西临江，明朝平播之役后，祖上迁居贵州遵义永乐镇，我生于斯，长于斯。深受中华传统文化、地方文化先贤的影响。从教中学语文开始，天天读诗，讲诗，受到学生、同事、社会各行各业朋友的鼓励，本着"代圣人立言，替生民立命，为往圣继绝学"的原则，吟诗不辍。2013年以前写的诗，已结集成《空谷竹韵》出版。

我 20 岁以前在农村劳动时，修建瓦屋两间，屋内一米深处，有一条巨大的青石，未知多长，似龙而卧。我所供职的遵义市南白中学地处龙坑，学校后面的龙洞，泉水奔涌不息，滋养了万千学子。李白在《梦游天姥吟留别》中说："熊咆龙吟殷岩泉，栗深林兮惊层巅。"气势惊人，使我大受启发："虎啸山顶风云卷，龙吟碧空草木欢。"

　　将本编取名为《龙吟长空》，一是发扬优秀的民族文化传统；二是感谢党和人民对我的培养，学校领导、老师、学生给我提供了成长的平台；三是纪念先祖、先贤；四是表达对生我养我的家乡的崇敬之情。

　　三、用真心写作，用诗词来展示生活的美妙

　　诗歌是一种古老的文学体裁。从以四言体为主的《诗经》到杂言体的楚辞，历时约千年，由楚辞到五、七言诗，也历时千年之久。唐代为五、七言诗的黄金时代，历唐、宋、元三代，为时不过五百年，产生了三种新的诗体：唐诗、宋词、元曲。词承诗，曲承词，经明、清至现在，文献记载，口口相传，各有新变，生生不息。代代学习，吟诵写作。一是传承优秀的文化传统；二是反映时代脉搏的跳动；三是自娱自乐，抚慰心灵。

我从六岁开始读书，历经小学、中学、大学，从二十二岁教中学语文至今，几乎天天和诗歌打交道，在阅读、鉴赏评价之余，将所经之事、所观之景、所议之言、所怀之感，抄在备课本上，存入书箱。趁2016年放暑假，编辑成诗词选《溅玉飞珠》。

写诗需要灵感。灵感从何而来？多读书，从书中寻找灵感；多观察，由美景激发灵感；多动手，自真我的生活中碰撞灵感。

"我手写我心"，字字为我心中所言，而非我不欲言好。若夫去国怀乡、建功立业、悲欢离合、感时伤事、离愁别绪、评古论今、生活杂感。常人皆能感之，唯诗人能手之、舞之、足之、蹈之，吟咏之不足，故落墨于纸上，加上平仄和押韵，这便成了诗。再根据格律反复修改吟诵，于是凑成了诗集。

诗歌的题材不同，体裁不同，诗人感悟各异，主题异彩纷呈，所用的表达技巧自然也就不同了。这就需要读者去读、去品，感悟诗词的奥妙，从中获得意象美、情感美、语言美、技巧美的享受。

在写作《论语·解啐》的过程中，参阅了《国学经典》《四书·五经》（典藏本）、《论语》、清华大学张岂之、杨君游主编的《众妙之门——中国文化名著导读举隅》等书。在编辑过程中，得到了遵义市南白中学张成权校长及其他校领导，遵义市诗词协会常务副会长、遵义师范学院王林教授，语文组同仁苟世晗、彭易利等的大力支持，还得到了赵师瑶、肖雪、田维友、彭龙谦的尽心帮助，在此一并致谢。由于时间仓促，疏漏之处在所难免，敬请方家指正。

遵义市南白中学　赵家镛

2017 年 1 月 1 日于凤凰国际小区

目 录

第二编　龙吟长空

第三编 溅玉飞珠

第一编

《论语》解啐

（上册）

第一篇：学而

学而一

冷雨夹飞雪，
勤学常练习。
有朋来造访，
心乐让前席。

学而二

不知而不愠，
可谓真君子。
将义放心上，
自知能自立。

学而三

为人忠孝悌，
犯上者稀矣。
君子乐追求，
道生缘本立。

学而四

花言兼巧语，
不会讲原则。
心口不一致，
此人须斥责。

学而五

做人要信诚，
日省我言行。
办事须竭力，
交朋更尽心。

学而六

治国须谨记，
守信而专一。
节用尊黎庶，
役民得按时。

学而七

弟子入则孝，
外出与弟交。
谨言而守信，
敬长不能骄。

学而八

泛泛爱他人，
谦谦而近仁。
闲暇余智力，
心静以学文。

学而九

尊贤而鄙色，
事父饮食精。
奉主不惜命，
交朋重感情。

学而十

君子要庄重，
有威势就依。
所学难稳固，
忠信不相宜。

学而一一

无友不如己，
道相同且谋。
过则非惮改，
做事要绸缪。

学而一二

父死尽其哀，
母亡亦叹哉。
先人常祭祀，
忠厚育英才。

学而一三

夫子①游诸国，
政息必定得。
温良恭俭让，
态度透职德。

① 夫子：孔子，名丘，字仲尼。子，中国古代对有学问，有
地位的男子的尊称。《论语》子曰的"子"，均指孔子。

学而一四

父在观其志，
亲亡察子①行。
三年毋改道，
可谓尽忠心。

① 子：儿子

学而一五

礼用和为贵，
先王道统归。
事无分大小，
依礼向和追。

学而一六

守信近乎义，
允约兑在先。
谦恭接近礼，
不可鄙其言。

学而一七

君子无求饱，
居室岂选安①？
作工勤且敏，
说话慎诚焉。

① 子曰："君子食无求饱，居无求安。"孔子说："君子吃东
西不追求饱足，居住不追求安逸。"

学而一八

就道重勤学，
须和错误绝。
时时求正理，
可谓向先觉。

学而一九

贫穷不谄贵，
富有未生骄。
卑贱而承礼，
金多却好交。

学而二〇

切磋又苦磨，
万事变蹉跎。
不患不知己，
识人日子多。
（2016 年 10 月 18 日—10 月 24 日）

第二篇：为政

为政二一

为政品德隆，
譬如星挂空。
运行遵轨道，
星众绕环烘。

为政二二

《诗经》定三百，
用语来蔽之。
思想纯且正，
庶民可学习。

为政二三

以义导民众，
刑罚驱罪避。
用德齐众庶，
民免而无耻①。

① 民免而无耻：人民可暂时免于罪过，但不会感到不服从统治是可耻的。

为政二四

以礼齐百姓，
遵格①有廉耻。
治国以德礼，
民众皆守纪。

① 格：纠正

为政二五

十五有志学，
二十聚才德。
三十脚跟稳，
不惑心志倔。

为政二六

五十知天命，
花甲而耳顺。
七十从心欲，
不可越墨绳。

为政二七

懿子①咨尊道，
孔曰毋抗礼。
生时循礼奉，
殁后依规祭。

① 懿子：孟懿子，鲁国大夫，姓仲孙，名何忌，懿，谥号。

为政二八

孟武伯咨孝，
亲人只虑疾。
儿行千里外，
父母问归期。

为政二九

孝者谓能养，
重观神态详。
奉供无致敬，
食饮也缺香。

为政三〇

奉老悦色难，
先生酒食安①。
逢事儿辈做，
举家尽欢颜。

① 《论语·为政》："有酒食，先生馔，曾是以为孝乎？"先生与弟
子相对，指长辈。馔，吃喝。有好吃好喝的，让老年人享受，
难道这样就是孝吗？

为政三一

终日与回①议，
不违似很愚。
退而私下论，
谨慎复谦虚。

① 回：颜回，孔子的得意门生，鲁国人，字子渊。

为政三二

视其人所做，
知道是何心。
行事俱清楚，
久廋①怎可行？

① 廋：隐藏、隐蔽。

为政三三

温故获新知，
即能作老师。
君子不为器，
博学广见识。

为政三四

何可为君子，
先行而后言。
周详轻聚党，
坦荡在人前。

为政三五

学思要结合，
不虑危险多。
一意行某事，
消除异端说。

为政三六

诲汝知之矣？
晓之为智识。
不明除傲慢，
实践得真知。

为政三七

子张干[①]俸禄，
言慎少缺疑。
阙殆[②]过失少，
官职俸禄齐。

①《论语·为政》："子张学干禄。"子张，孔子的学生，姓颛孙，
名师，字子张。干禄，谋求禄位。②阙殆，怀疑。

为政三八

何做则民信，
举直地位彰[①]。
拔邪置雅位，
百姓定抓狂。

①《论语·为政》："孔子对曰，'举直错枉，则民服；举枉错诸置，
则民不服。'"错，通"措"，安置。诸，"之于"的合音。枉，
邪曲。

为政三九

使民敬君主，
忠笃相看齐。
临之庄则敬，
孝顺民更慈。

为政四〇

子何无与①政，
惟孝友兄弟。
孝悌满于国，
有为参政治。

① 与：参与。

为政四一

人若无诚信，
孩童也想欺。
小车无扣键，
大驾少关軏①。

① 軏：大车辕和车辕前横木相接的关键。

为政四二

十世可知礼，
殷商承夏兮。
周因其损益，
百代亦能知。

为政四三

非其而祭鬼①，
祭礼近于媚。
见义而思做，
无仁多后悔。

①《论语·为政》："非其鬼而祭之，谄也。" 意思是，祭祀不该祭
祀的鬼神，那是献媚。

（2016 年 10 月 25 日—10 月 26 日）

第三篇：八佾

八佾四四

先生①言季氏，
八佾②舞于庭。
乐坏礼崩久，
现实人震惊！

① 先生：孔子。

② 八佾：古代奏乐舞蹈，每行八人，称为一佾。天子可用八
佾，即六十四人；诸侯六佾；大夫四佾；季氏应用四佾。
当时鲁国国君出走，国政由季氏把持。

八佾四五

三家以《雍》撤①，
怎算合礼制。
高唱天子穆，
岂合孟叔季。

① 三家：鲁国当政的三家大夫，孟孙、叔孙、季孙。《雍》：
《诗经·周颂》中的一篇，为周天子举行祭礼后撤去祭品
祭器所唱的诗。撤，古代祭礼完毕后撤祭馔，乐人唱诗以
娱神。

八佾四六

不仁如礼何，
乐坏怎能歌？
上下齐言礼，
天涯相聚合。

八佾四七

行礼太奢侈，
俭勤不算奇。
治丧须细致，
宁肯带悲戚。

八佾四八

夷狄之有俊，
文化不堪比。
诸夏之无主，
文明依孔子。

八佾四九

季氏旅泰岳，
有能阻之乎。
山神不如放，
僭①礼大众诛。

① 僭：超越本分。

八佾五O

君子不相斗，
必然射箭①乎。
升堂而礼让，
饮酒互招呼。

① 射箭：指古代的射礼。大射礼规定两人一组，相互作揖然后登堂，射箭完毕相互作揖再退下，各组射完后，再作揖登堂饮酒。

八佾五一

轻盈笑脸眼睛媚，
犹似白娟画鸟归。
子赞卜商能选道，
与言诗理义仁回。

八佾五二

能言夏礼不足徵^①，
　殷礼可言宋岂回。
　杞宋两国缺史料，
　常寻资料唤仪归。

① 徵：证明，验证。

八佾五三

问禘^①之说子不知，
　获得天下犹能治。
　即如器物示诸掌，
　似炒小鲜寰宇一。

① 禘：一种极为隆重的祭礼，只有天子才能举行。

八佾五四

祭祀犹如神祖在，
　至诚落落彩花开。
　神仙并未亲参与，
　仍要主人^①亲自来。

① 主人：主祭。

八佾五五

媚奥不如敬灶神①，
上天知道怪凡人。
古周礼制承商夏，
郁郁文哉义自深。

① 《论语·八佾》："与其媚奥，宁媚于灶。"奥，后室的西
南角，被视为尊者所居的位置。

八佾五六

子临太庙每发问，
既晓礼仪何问人。
祭祀之规须谨记，
虚心请教敬吾神。

八佾五七

射不主皮力异同①，
中标不算军人功。
饩羊②欲去子生气，
尔爱其牲吾礼恭。

① 子曰："射不主皮，为力不同科，古之道也。"孔子说："
比射箭，主要不是看能否射穿皮做的箭靶子，因为各人的
力气大小不同，这是古时候的规则。"
② 饩羊：羊杀而不烹，叫"饩"。

八佾五八

事君尽礼以为谄，
君使臣来臣事君。
吾主役臣循礼制，
臣供主上靠忠贞。

八佾五九

《关雎》起兴感情真，
君子好逑乐不淫。
辗转未眠思美女，
啼鸣常寄采荇情。
哀公问宰①雕神就，
殷夏断松柏树成②。
周代刻栗民众战，
子曰事遂不须吟。

① 宰：宰我，名子，字子我，孔子的学生。
② 殷夏：夏后氏，殷代。《论语·八佾》："宰我对曰，'夏后
氏以松，殷人以柏，周人以栗。'"宰我回答说："（做土
地神主的木材），夏后氏以松木，殷代人用柏木，周代人
用栗木。"

八佾六〇

管仲心狭而不俭，
违逆礼制建公馆。
国君照壁宫门立，
作宰违规须礼管。

八佾六一

子语鲁师乐可知，
唧唧乐器奏合时。
纯如似皦绎①如也，
挥洒协调比大师。

① 皦：音节分明。绎，连续不断。

八佾六二

仪封①谒子至于斯，
从者见之甚是奇。
天下无德何已久，
乃将夫子把铎执。

① 仪封：仪，地名。封，封人，典守边疆的小官。

八佾六三

子谓《韶》音皆美矣，
内容尽善岂能及？
周朝《武》①乐呈思想，
内外兼修重礼仪。

①《武》：相传是周武王时的乐曲名。

八佾六四

居位不宽难做主，
礼仪未尽枉为人。
临丧随意不悲泣，
错降人间走一程。
（2016 年 10 月 27 日—10 月 30 日）

第四篇：里仁

里仁六五

居处选择仁，
贤人即会跟。
近朱犹变赤，
修炼品德真。

里仁六六

处厄总非义，
享逸长丧志。
仁心慈爱久，
弃利方为智。

里仁六七

仁心能炼人，
厌恶乃真心。
立志求根性①，
远离奸佞门。

① 根性：本性。

里仁六八

富贵乃人欲，
得之顺道仁。
心贪人所恶，
叛道必除名。

里仁六九

君子去德仁，
怎能除恶尘？
饮食毋背义，
颠沛亦持身。

里仁七〇

未见好仁恶不仁，
厌其不义附于身。
谁能日日尽其力，
天下敬之比圣人。

里仁七一

人之有过不相类，
观过方知未铸仁。
早上闻德夕可死，
一生向善励来人。

里仁七二

仁人志道恶衣食，
不屑与之评道理。
君子于天无限制，
无适无莫和其比①。

① 《论语·里仁》："君子之于天下也，无适也，无莫也，义之与比。"适，意为亲近，厚待。莫，疏远，冷淡。比，亲近，相近。

里仁七三

君子怀德皆利众，
小人恋土爱恩惠。
关心法度正天下，
纵利而行多怨悔。

里仁七四

能施礼让小国盛，
忽视仁德家怎兴？
不患无职忧本领，
自身修养业能成。

里仁七五

一以贯之皆正道，
尽心尽力乃为忠。
设身处地谓宽恕，
推己及人百世同。

里仁七六

君子喻于义，
小人只晓利。
见贤常比照，
反省再责己。

里仁七七

侍奉爹妈要讲诚，
对其缺点必言诤。
建言未纳仍需敬，
忧虑重重怎怨人。

里仁七八

父母在时不远游，
游则定点屡担忧。
三年不改父之道，
可谓孝心至尽头。

里仁七九

父母之年难以晓，
又悲又喜常忧顾。
古人谨慎重承诺，
不逮所言为耻辱。

里仁八〇

以约失之极为少，
君子讷言敏在行。
道义不孤邻必傍，
志同道合可成人。

里仁八一

侍君不可太繁琐，
繁琐引来忧虑多。
对待友朋如琐细，
反而疏远费蹉跎。
（2016 年 10 月 31 日—11 月 1 日）

第五篇：公冶长

公冶长八二

冶长生性品德高，
可做女夫百里挑。
虽遭缧绁非其罪，
以女妻之千世骄。

公冶长八三

国家有道官职在，
乱世立身免戮刑。
尊兄女子嫁南客[①]，
快乐幸福享爱情。

① 南客：姓南容，名适，字子容。孔子的高材生。此时，其
兄孔皮已去世，故孔子与侄女主婚。

公冶长八四

不齐[①]可谓真君子，
鲁为仁德来奠基。
子贡犹如盛物具，
庙台存放摆吃食。

① 不齐：姓宓，名不齐，字子贱，孔子的学生。

公冶长八五

雍①也仁德而不佞，
伶牙俐齿与人争。
屡憎于众令君厌，
即使有仁亦未宁。

① 雍：冉雍，字仲弓。孔子的学生。

公冶长八六

子使漆雕开仕去①，
信心不够未成行。
仲尼听后漫开导，
从政经商重信诚。

① 《论语·公冶长》："子使漆雕开仕。对曰，'斯吾之未能
信。'子悦。"孔子叫漆雕开去做官，学生漆雕开回答说：
"我对这事还没有信心。"孔子听了很高兴。

公冶长八七

道不通行桴海外，
子由从我谓真情。
闻之则喜不为错，
好勇过人无所成。

公冶长八八

子路有仁矣？
孔曰不可知。
大国千乘备，
小仲一人治。
百乘大夫苑，
千室规模邑。
冉求当做宰，
赤①在朝堂立。

① 赤：公西赤，字子华。孔子的学生。

公冶长八九

仲尼咨子贡，
回汝更能殊。
其以一推理，
吾闻且不如。

公冶长九〇

宰予白天寝，
子曰不可教。
粪墙堪敢饰，
朽木哪能雕？
诚信侍君始，
语言察我骄。
闻声观动静，
愿做度人桥。

公冶长九一

吾未见刚者①，
申枨②可谓强。
子曰多欲望，
焉算志刚郎？

① 《论语·公冶长》："子曰，'吾未见刚者。'"孔子说："我没有看见过刚毅不屈的人。"
② 申枨：孔子学生，姓申，名枨，字周。

公冶长九二

不欲加之非我愿，
压诸繁事数人喧。
诗书礼易先生讲，
天道运行闻后欢。

公冶长九三

子路有闻岂会行？
听言新事极来劲。
孔文①何以文之谓，
敏睿好学不耻问。

① 孔文：孔文子，卫国大夫，姓孔，名圉，文是谥号。

公冶长九四

子谓公孙有四条，
其行恭敬起得早。
负责君上不求谢，
以惠养民循古道。

公冶长九五

晏婴善与庶人交，
识久方知平厚道。
臧文居蔡①饰宗庙，
僭越礼规民众诮。

① 臧文：臧文仲，姓臧孙，名辰，文是谥号，春秋时鲁国大夫。

居蔡：蔡，国君用以占卜的大龟。蔡这个地方盛产龟，因
此把大龟叫蔡。居，作动词用，藏的意思。臧文仲藏了一
只大龟。

公冶长九六

子文①三次为官吏，
几仕几停无怨责。
旧政先言新令尹，
愚忠常论义仁则。
齐崔②滥弑一君主，
陈子③猛驱十乘车。
屡至异国言首政，
推行仁义勿人择。

① 子文：姓斗，名於菟，字子文，楚国贤相。
② 齐崔：齐国大夫崔杼，曾杀掉齐庄公。
③ 陈子：陈文子，齐国大夫，名须无。

公冶长九七

季子①三思而后行，
仲尼细虑作公论。
再斯②即做无差错，
利弊分清常谨慎。

① 季子：季文子，鲁国大夫，姓季孙，名行父，文是谥号。
② 再斯：《论语·公冶长》："子闻之，曰，'再，斯可矣。'"
孔子听到后，说："考虑两次就可以了。"

公冶长九八

邦国有道宁心智，
君主昏庸似作愚。
聪颖油滑皆可仿，
装聋拟哑岂能迂？

公冶长九九

受困陈国气势宏，
故乡小子志相同。
斐然文采才华盛，
指导有方费苦功。

公冶长一〇〇

伯叔兄弟不言愁，
周武起兵伐暴纣。
劝阻不成食野草，
首阳黄鸟号啁啾。

公冶长一〇一

孰说微生^①极直爽，
乞醋犹得邻里忙。
令色巧言装伪善，
左丘^②与吾恶欺狂。

① 微生：微生高，鲁国人，姓微生，名高。当时人们认为他
  是直人。

② 左丘：左丘明，鲁国史官，姓左丘，名明。一说姓左，名
  丘明。相传是《春秋左氏传》和《国语》的作者。

公冶长一〇二

颜渊子路栖，
盍各讲心思。
车马衣轻氅，
友朋共丽室。
愿无夸善处，
安可耀成绩。
冀望先生述，
后学岂信之？

公冶长一〇三

子曰已矣乎，
未见过而讟①。
忠信如丘者，
不如吾好读。

① 讟：怨言。

（2016 年 11 月 3 日—11 月 4 日）

雍也一〇四

雍也使南面①，
才能足做官。
仲弓问子桑②，
平素好简单。

① 《论语·雍也》："子曰，'雍也可使南面。'"南面，古代以
面向南为尊位。天子、诸侯、卿大夫等听政时皆面南而坐。
此以"南面"代指人君之位。

② 子桑：子桑伯子，鲁国人。

雍也一〇五

居敬而行简，
行为纯不繁。
此般治百姓，
慎畏谨诚严。

雍也一〇六

居简而行简，
可能太简单。
冉雍言语对，
做事重相安。

雍也一〇七

弟子谁喜读，
颜回岂离屋？
做人莫愆过，
不幸短命无。

雍也一〇八

子华出使齐，
为母请其食。
答应与之釜，
冉求力请益①。

① 请益：请求增加一些（粮食）。

雍也一○九

孔曰与二斗，
冉给足八十①。
西赤齐国去，
轻裘肥马骑。
贤德救困户，
富裕出仓米。
救困如加炭，
普天得养息。

① 八十：应是粮食八十石。

雍也一一○

原思①为总管，
子与粟薪酬。
宪也不能拒，
免除乡党②忧。

① 原思：姓原，名宪，字子思，孔子的学生。
② 乡党：古代地方单位的名称。五家为邻，二十五家为里，
　　一万二千五百家为乡，五百家为党。

雍也一一一

耕牛之犊嫩皮红，
两角整齐思不用。
自古神灵能弃否？
选贤重才古今同。

雍也一一二

仲由可使为官欤？
办事果决从政徐。
端木通情知礼义，
赞求凭艺鲁朝居。

雍也一一三

季使子骞①为费宰，
劝君替我好推辞。
若复有令加诸我，
则必速逃汶上②栖。

① 子骞：孔子的学生，姓闵，名损，字子骞。
② 汶：汶水，即山东大汶河。汶上，暗指齐国。

雍也——四

伯牛[①]有疾子常望，
自牖手执叹命亡。
人有斯疾犹可治？
老师戚戚忒悲伤。

① 伯牛：孔子的学生，姓冉，名耕，字伯牛。

雍也——五

颜回箪食显修养，
舀水一瓢居陋房。
贫贱不移清苦乐，
治学修成万年芳。

雍也——六

冉求不悦子之道，
力量微薄心里躁。
孔子尽言中道废，
如今未走可开导。

雍也——七

子夏宁为君子儒①，
仁德至上喜读书。
游②当城宰聚才俊，
子羽③因公家里出。

① 《论语·雍也》："子谓子夏曰，'汝为君子儒，无为小
　人儒。'"
② 游：子游，人名，曾任武城宰。
③ 子羽：澹台灭明，姓澹台，名灭明，字子羽，孔子的学生。

雍也——八

之反①不伐亲殿后，
阻击齐虏恨难忧。
城门将近抽骑马，
不愿居功悲马廋。

① 之反：孟之反，又名孟之侧，鲁国大夫。

雍也一一九

祝鮀①善辩故乡安，
貌美宋朝②起祸端。
出户过屋行正道，
礼德普世万民欢。

① 祝鮀：卫国大夫，字子鱼，他是祝官，名鮀，善于外交辞
令。
② 宋朝：宋国的公子朝，因貌美而曾惹起祸端。

雍也一二〇

质胜章华难免野，
文超质朴过于虚。
朴实文采合一处，
形式内容完美居。

雍也一二一

人凭正直活于世，
侥幸生存皆罹祸。
技艺不精多喜好，
好之怎堪融合乐？

雍也一二二

中人以上语高道，
智力平平浅里教。
各色学生别有慧，
因材施教育英豪。

雍也一二三

樊迟①问子怎聪颖，
致力让民趋向义。
尊敬鬼神而远眺，
先难后获谓仁智。

① 樊迟：孔子的学生，姓樊，名须，字子迟。

雍也一二四

智慧之人皆乐水，
乐山仁者自游回。
聪明好动乃德者，
快乐生活似寿龟。

雍也一二五

齐国政治重革新，
便使普天变太平。
大道相符缘鲁改，
先王之道自然成。

雍也一二六

觚不觚则君不君，
礼崩乐坏岂为臣？
井中仁者其从否？
君子劝离愚弄人。

雍也一二七

君子博学约以礼，
离经叛道定遭遗。
仲尼深夜见南子，
子路面前天厌之[①]。

①《论语·雍也》："子见南子，子路不悦。夫子誓之，曰，
'予所否者，天厌之！天厌之！'"南子，卫灵公夫人，当
时把持卫国政治，行为不端。

雍也一二八

中庸道德众缺乏，
不倚不偏自到家。
推己及人能济众，
施仁施德舜尧夸。

雍也一二九

欲立仁德立圣德，
主张伦理近恩泽。
达人取譬谓之策，
事事通达守准则。
（2016 年 11 月 5 日－11 月 21 日）

述而一三〇

阐述不书好古文，
独尊传统重仁心。
《诗经》周礼苦删定，
自比老彭日日新①。

① 老彭：商代贤大夫彭祖；一说指老子和彭祖两人。

述而一三一

所见所闻默记心，
学而不厌少骄矜。
诲人岂倦堪模范，
千古流传启后生。

述而一三二

德之不讲怎学习，
闻义避开非重礼？
不善未纠随本意，
春秋无义我悲泣。

述而一三三

孔子闲居舒且齐，
夭夭如也^①特适意。
吾衰甚矣谁之过？
未梦周公心不已。

①《论语·述而》："子之燕居，申申也，夭夭如也。"燕居，
安居，闲居。申申，舒展齐整的样子。夭夭，和舒之貌。

述而一三四

志于道者据于德，
依靠仁心修六艺。
自束十脩当礼物，
有教无类万年师。

述而一三五

教育学生重启发，
不愤不悱^①不言他。
一则举例反三隅，
推断简单亦要夸？

① 悱：想表达却说不出来。

述而一三六

丧者之旁孔不食，
虽食未饱忒哀戚。
一天如若泣哭过，
岂再歌吟且戏之。

述而一三七

用之则行舍之藏，
唯我与君能这样。
子率三军谁与共？
凭何斗凶死无伤。

述而一三八

死而无悔不提倡，
临事惧忧非帅郎。
有勇好谋成大事，
德才兼备进职场。

述而一三九

富而可求合于道，
差役挥鞭吾也圈。
如不可求从我好，
做官得财怎能全？

述而一四〇

子之所慎斋疾战，
闻乐不知肉味鲜。
岂料舜韶高境界，
潜滋暗长助心欢。

述而一四一

冉有存疑咨子贡，
先生可与卫君同？
伯夷叔叟何人也？
古代贤人不互攻。

述而一四二

蒯辄^①争位互相攻，
天怒人责岂敢同？
求义得仁难怨恨，
先生不赞出于公。

① 蒯辄：蒯聩；辄，蒯聩之子，为争卫王之位而欲攻伐。

述而一四三

子曰疏食喝清水，
弯起胳膊当枕头。
不义得财非我愿，
贵如浮云弃新愁。

述而一四四

假我数年来探《易》，
乐天知命力研习。
超强精进合于筮^①，
完美无缺自把持。

① 筮：卜卦。

述而一四五

子述雅言探易书，
礼仪恭敬搯持熟。
教学行事讲周语，
尊重文明不特殊。

述而一四六

叶公问孔向学生，
子路未答有隐情。
发愤忘食勤探道，
忘忧致乐岁将增。

述而一四七

吾非生就知之者，
好古敏捷以探文。
不语怪神和力乱，
仁德礼制助生存。

述而一四八

三人冒雨且同行，
必有我师论道精。
善者从之为正理，
偏差即改养身心。

述而一四九

先生离卫去陈国，
历宋讲学桑叶脱。
司马桓魋将害我，
天德予我岂如何？

述而一五○

生众以余为隐乎？
言传身教定相符。
循循善诱乃吾道，
忠信文行岂可辜？

述而一五一

圣人堪可见，
能见乃君子。
至善安得显，
德操常统一。
无行犹作有，
虚拟皆抛弃。
穷困藏宽裕，
懿德难保持。

述而一五二

钓鱼非用网，
习射免栖鸟。
天道皆和睦，
仁心及物高。

述而一五三

不知而作势，
吾却不为兹。
择善而深探，
多闻乐化之。

述而一五四

> 互乡难与言①，
> 人惑儿童前。
> 吾赞其精进，
> 不容尔退闲。

① 互乡难与言：互乡，地名，亦不可考。此句的意思是：互
乡这个地方的人难以交谈。

述而一五五

> 洁己以精进，
> 应该力促成。
> 不抓昔日错，
> 善教变能人。

述而一五六

> 仁义远乎哉？
> 我思仁自来。
> 养德凭醒悟，
> 心动道门开。

述而一五七

陈司①咨孔子，
礼制鲁公知。
揖马先生退，
结私君子斥。
为人除袒护，
娶妾轻法礼。
巫马②实相告，
有失不敢欺。

① 陈司：陈司败，陈国主管司法的官。
② 巫马：巫马期，人名。《论语·述而》："巫马期以告。"巫马期把这话告诉了孔子。

述而一五八

与人歌唱重佳音，
必使反之相和吟。
书本知识堪可化？
躬行检验仍虚心。

述而一五九

至圣得仁吾岂敢？
为之教诲不疲倦。
正唯弟子未能比①，
不厌其烦倾力干。

① 语出《述而》："正唯弟子不能学也。"这正是我们学不到
的。

述而一六○

孔子有疾久不愈，
学生祷告速除疾。
《诔》①曰祈祷敬天地，
生死祸福静处之。

①《诔》：向神祇祷告的文章。

述而一六一

奢则不逊俭则固，
僭越礼仪谓大夫？
宁可寒碜不越矩，
俭奢皆要守文牍。

述而一六二

君子胸怀极坦荡，
小人欲重更戚戚。
温和严厉有威势，
不猛而安符圣仪。
(2016 年 11 月 22 日—11 月 26 日)

泰伯一六三

泰伯至德三谦让，
力助姬昌奔愿忙。
破例君王传幼子，
国家统一美名扬。

泰伯一六四

顺恭无礼骄，
谨慎小心佼。
勇猛少仪乱，
耿直缺礼绞①。
贤人情感笃，
民众义仁高。
故旧不相弃，
则民皆厚道。

① 绞：说话尖刻，出口伤人。

泰伯一六五

曾子病生急，
聚集多弟子。
手足翻转看，
身体兢兢立。
如近深渊薮，
似跋冰缝戏。
而今而已后，
吾可免刑事。

泰伯一六六

曾子有疾问仲孙①，
鸟之将死亦哀鸣。
世人临殁出言善，
贤者所惜遵道行。
容貌端庄疏怠慢，
面颜质朴近诚心。
言辞宛转避粗野，
笾豆礼仪祭吏存②。

① 仲孙：鲁国大夫仲孙捷。
② 《论语·泰伯》："笾豆之事，则有司存。"笾豆，礼仪中
使用的器皿，笾是竹制的，豆是木制的。有司，主管祭祀
的官吏。

泰伯一六七

可问不能才量大，
多知询寡谓行家。
有实虚若不真较，
吾友颜渊岂自夸？

泰伯一六八

六尺之躯托付他，
国家命脉艳芳华。
每临大事不屈节，
君子人格少点瑕。

泰伯一六九

士人弘大又刚毅，
肩负重责赴远栖。
常以仁德为己任，
死而后已万年稀。

泰伯一七〇

兴于《诗》而成于礼，
　且把乐音当奠基。
　民可使由堪可谕，
　治国方针岂能知？

泰伯一七一

好勇疾贫生祸害，
　人而不义遇时栽。
　才能堪与周公比，
　骄傲吝财大众嗟。

泰伯一七二

三年学满难得禄，
　笃信好求道不孤。
　不入危邦临乱世，
　国家兴旺构蓝图。

泰伯一七三

邦国有道贫而贱，
自感耻屈不作先。
无道国家得富贵，
舍之而隐耻于言。

泰伯一七四

不居其位不谋政，
安分守责天下平。
师挚《关雎》从始演①，
洋洋盈耳满室惊。

① 师挚：鲁国乐师，名挚，挚是太师。《论语·泰伯》："师
挚之始，《关雎》之乱，洋洋乎盈耳哉！"乱，乐曲的结尾。

泰伯一七五

狂妄不直稚且疏，
悾悾①非信岂能服？
学如不细恐失去，
四季恒常犹看书。

① 悾悾：诚恳的样子。

泰伯一七六

巍巍舜禹有天下，
尽为庶民不顾家。
尧作君王真伟大，
惠泽百姓至天涯。

泰伯一七七

舜有五人天下治，
武王理政十臣子。
人才自古本难得，
周有至德殷代侍。

泰伯一七八

子无美言赞君禹，
食饮菲薄敬鬼神。
衣恶平心服黻冕，
宫室劣卑洫沟①成。

① 洫沟：沟渠，指农田水利。

（2016 年 11 月 27 日—12 月 5 日）

子罕一七九

子罕言功命与仁^①，
博学所获不扬名。
闻之昂首语生众，
射箭御车样样精。

① 《论语·子罕》："子罕言利与命与仁。" 子，孔子。罕，
稀少。孔子很少（主动）谈论功利，天命和仁德。

子罕一八〇

麻冕高岌符古礼，
丝纯节俭吾从终^①。
堂前堂下俱磕拜，
倨傲叩头不赞同。

① 子曰："麻冕，礼也；今也纯，俭，吾从众。"麻冕：麻织
的帽子。纯，黑色的丝。俭，用麻织的帽子。比较费工，
改用丝织是俭。

子罕一八一

孔子杜绝多种病，
凭空臆测假真诚。
自知超越非绝对，
拘泥固执难认真。

子罕一八二

子陷于匡不逃避，
文王既殁礼存兹。
天将丧乐吾能救？
礼乐大兴千世稀！

子罕一八三

太宰问于贡①，
先生②堪至圣。
上天培俊彦，
贤圣本多能。
当政未知事，
贱人不晓成。
谋生学技艺，
均是普通人。

① 贡：子贡。
② 先生：指孔子。

子罕一八四

琴牢①问孔孔曾答，
官府不邀以技达。
绝技在身识见广，
惠泽桑梓走天涯。

① 琴牢：孔子的学生。

子罕一八五

吾有识乎无甚知，
鄙夫问我久唉息。
叩其首尾竭穷处，
融进中庸入典籍。

子罕一八六

凤鸟不来礼制空，
黄河图画几曾同。
恢复周礼成虚幻，
劳碌一生费苦功。

子罕一八七

子见齐^①衰者，
冕衣盲^②者侧。
见之年纪小，
趋作^③不相择。

① 齐：丧服。古时用麻布制成。
② 盲：眼睛瞎。
③ 作：站起来，表示敬意。

子罕一八八

颜渊喟叹老师德，
仰望弥高似圣哲。
研讨更坚前后在，
启发常耐东西侧。
以文博我约君礼，
将智导他厚禄泽。
欲罢不能竭远志，
卓然而立未相舍。

子罕一八九

孔子生疾子路臣，
病愈感叹仲①欺人。
与其死在家臣手，
无宁殁身葬礼成。

① 仲：仲由。孔子的学生。

子罕一九〇

美玉于斯椟韫之，
又求善贾把其识。
子曰沽价将之卖，
有道邦国智力依。

子罕一九一

子居九土陋如何？
君子住之吟道歌。
偏远八荒极闭塞，
传播文化布恩泽。

子罕一九二

吾自卫邦返鲁国，
拟将乐正《雅》歌托。
《国风》与《颂》含周鲁，
乐曲不同所获多。

子罕一九三

出则事公入则孝，
丧事力为不避逃。
岂让酒精来困扰？
尽忠尽责乐逍遥。

子罕一九四

逝者如斯矣，
奔流昼未息。
好德吾岂见？
无礼事何依。

子罕一九五

譬如为山成一篑，
只差一筐未去堆。
好比尽心平土地，
虽覆一筐不辞推。

子罕一九六

语之不懈怠，
回①也乃英才。
吾见其前进，
早亡人叹哉！

① 回：颜回，孔子的得意门生。

子罕一九七

苗而不秀未开花，
茂盛叶黄果不佳。
勤奋学习功底厚，
坚持探讨著一家。

子罕一九八

后生可畏尽须育，
今胜于昔代代强。
四五十龄无建树，
斯人不敬自收场。

子罕一九九

法语之言①必定从，
改之为贵费真功。
赞扬恭顺人高兴，
事后乱评不苟同。

① 法语之言：法，正道。符合法礼原则的话。

子罕二〇〇

三军可以夺其帅，
男子怎能性志乖。
独立人格应保护，
尊崇威势铸人才。

子罕二○一

衣敝缊袍狐貉立，
仲由不耻太稀奇。
不求不忮^①真为善，
子路念叨孔自知。

① 不忮：不嫉妒。忮，妒害。

子罕二○二

岁寒然后松柏敝，
仁者不忧勇不迁。
智慧深藏为境界，
达德高举似若愚。

子罕二○三

可与共学难适意，
不能适道不能教。
和其事事依规动，
未可攀权求久交。

子罕二〇四

棠棣①之花沐雨开，
尔思长久②渡河来。
家室太远常叨念，
情感真诚梦里猜。

① 棠棣：木名。

② 尔思长久：长久想念你。尔，你。

（2016 年 12 月 6 日— 12 月 7 日）

第十篇：乡党

乡党二〇五

孔子于乡党，
恂恂而细心。
犹如非善讲，
好似未明人。
宗庙朝堂肃，
明白晓畅真。
制宜因地变，
大智比神灵。

乡党二〇六

朝和权贵侃而言，
公众场合更谨严。
辩论誾誾①颜色正，
陈说滔滔态恣闲。
君王踧踖②步行稳，
臣子悄然身影端。
恭敬安详成笑态，
国强民富倚清天。

① 誾誾：形容辩论时中正，讲理而态度诚恳。
② 踧踖，即踖踧，恭敬而小心的样子。

乡党二〇七

鲁君诏令接宾客，
面色矜持显品德。
步履轻盈揖远贵，
礼服齐整鄙凉热。
前趋如翼彬彬礼，
后退似蝉乐乐歇。
宾走命复皆不顾，
君王意满谓担责。

乡党二〇八

执圭出使极恭敬，
如不胜时须小心。
向上举圭如作礼，
朝低握器似交人。
神情庄重兢兢战，
脚步紧平稳稳跟。
献礼有容颜色悦，
私觌①王使自然成。

① 觌：见面。

乡党二〇九

君子不将緅绀饰[1]，
亵服怎可带红姿。
暑天必衣葛单衫，
冬日定缝皮大衣。
白色服装搭鹿氅，
淡黄内衬配狐皮。
夜眠寝被长身半，
暖厚貉皮置坐椅。

[1]《论语·乡党》："君子不以绀緅饰。"君子不用青中透红
或黑中透红的布镶边。

乡党二一〇

斋戒有明衣[1]，
葛麻织紧稀。
吃斋食饮变，
生病徙居室。

[1]《论语·乡党》，齐，必有明衣。齐通"斋"，斋戒。明衣，
斋戒沐浴后换穿的干净内衣。

乡党二一一

食不厌精割切细，
吃食饐餲鱼馁①弃。
色颜难看又闻臭，
未饪过期皆不食。

① 饐餲鱼馁：食物经久发臭，经久变味。馁，鱼腐烂。

乡党二一二

切割未正岂堪食，
调料相宜方与吃。
酒肉虽多须限量，
不能喝到志昏迷。

乡党二一三

祭奠分食当日啖，
三天过后不能食。
饮食无语符生道，
夜寝不言善养息。

乡党二一四

疏食菜羹又瓜祭^①，
必定如斋恭敬吸。
席不正则难就坐，
杖人走出乃离席。

① 瓜祭：古人在吃饭前，把席上的食品分出少许，放在食具
上祭祖。

乡党二一五

乡人迎傩^①赶魔来，
穿戴朝服立阼阶^②。
倘向他人谈域外，
再三礼拜送君台。

① 傩：古代一种迎神以驱魔的风俗。
② 阼阶：东边的台阶，主人所站迎送宾客的地方。

乡党二一六

季康送药子接拜，
药性不明心里猜。
马厩焚烧非问马，
人员安好岂惜财？

乡党二一七

国君食赐正席啖，
王者赏腥熟献堂。
若奖活牲皆畜养，
侍食君上本先尝。

乡党二一八

孔子生疾君探望，
头朝东卧盖朝裳。
拖着大带尊君上，
命召入宫奔走忙。

乡党二一九

朋友死而无所避，
吾来殡葬岂能悔？
好朋馈赠虽车马，
不祭祖宗不谢跪。

乡党二二〇

睡眠不似僵尸躺，
闲坐身姿器宇昂。
看见齐衰狎必变[1]，
冠冕瞽者礼周详。

[1]《论语·乡党》"见齐衰者，虽狎，必变。"看见穿丧服的
人，即使是关系亲密的，也一定会改变态度。

乡党二二一

乘车偶遇凶服郎，
伏俯轼前表已伤。
路上见人艰负版[1]，
躬身行礼谓欣昂。

[1] 负版：背负国家图籍的人。

乡党二二二

盛馔上桌颜未变，
起身立定客食先。
迅雷风烈可遮蔽，
生命第一不躲楩[1]。

[1] 不躲楩：不躲于楩，雷雨时不在树下躲避。楩，古书上说
的一种树。

乡党二二三

登车正立必执绥，
车内安闲头不回？
语速乱瞄伤贵体，
养神张目保全归。

乡党二二四

孔子谷溪自在游，
野鸡翔后止山沟。
幽林雌雉得时世，
子路作揖将翅收。
（2016 年 12 月 8 日—12 月 16 日）

《〈论语〉解啐》（上册）结语

一

《论语》精深宏且大，
　从来注本细而杂。
　识浅陋闻吟作苦，
　欣然释义慕一家。

二

精研《论语》忒张狂，
　拟用律诗著巨章。
　释义犹如穿险壑，
　致知诚晓学无疆。

（2016 年 12 月 14 日）

第二编

龙吟长空

读书偶得

灯火读新史，
陋室养子兰。
喧嚣听雅曲，
豪气越千年。
（2016 年 7 月 25 日）

春　愁

帘卷放春怨，
自和黄鹂语。
梨花飘落尽，
云淡钓鲫鱼。
（2014 年 9 月 13 日）

友人归

落花人独立，
微雨燕双飞。
返影高楼上，
诚迎大雁归。
（2016 年 7 月 19 日）

游娄山炮台所见

娄山来作证，
人美更骄情。
伫立炮台上，
宛如穆桂英。
（2015 年 1 月 28 日）

红荷吟

清风无厚意，
吹皱一池水。
万朵荷香透，
醉得佳丽归。
（2016 年 6 月 28 日）

银杏人家

黄叶满山路，
路狭绿意浓。
浓云隐美庐，
庐雅子仁恭。
（2015 年 12 月 14 日）

新嫁娘

三日下厨房，
夫陪作羹汤。
欲合公姥味，
先舀小姑尝。
（2012 年 12 月 5 日）

红岩洞天

竹木插云天，
飞瀑泻巨岩。
鸟鸣高树静，
幽洞游人闲。
（2016 年 6 月 19 日）

绝交书

闻君不往来，
心里陡生哀。
卅载绵绵意，
如今归大海。
（2015 年 6 月 20 日）

答友人^①

世间呈万象，
格物而求知；
诗意遍寰宇，
敢吟就有诗。

（2016 年 3 月 30 日）

① 友人：指余庆县植保站陈忠文。喜写诗，作者曾寄诗集《空
谷竹韵》给他。

孟冬即景

叶黄秋意重，
人美冷风薄。
远芳侵古道，
高树动青波。

（2015 年 11 月 24 日）

悼英烈

柏树插浓雾，
半山数座坟。
险关行脚下，
千载颂英名。

（2015 年 3 月 29 日）

瞻仰茶山关①

关口数棵柏，
掩遮烈士坟。
红军击险隘，
浩气励今人。
（2015 年 3 月 29 日）

① 茶山关：1935 年 1 月初，中央红军万里长征突破乌江天
险时的战斗遗址，在今遵义市播州区境内。

鹅池垂钓

芳草碧连天，
池亭紧密连。
荷香鱼正肥，
垂钓在其间。
（2015 年 6 月 20 日）

相思鸟

山有相思鸟，
仰头相向鸣。
从今失讯后，
凄唳到三更。
（2015 年 3 月 4 日）

赏菊

窗边数枝梅，
映日独自开。
绿叶扶蕊茂，
神光耀高台。

（2014 年 12 月 26 日）

瀑布

崖壁挂云天，
飞流泻万千。
响雷穿险壑，
孤电震深潭。

（2016 年 9 月 18 日）

白雪吟

夜闻竹响裂，
晨见朽枝折。
白雪含春意，
千山受润泽。

（2002 年 12 月 26 日）

吟诗感悟

青山摇渌水，
旭日照高楼。
揽胜凝神气，
挥毫写夏秋。
（2008 年 8 月 1 日）

瞻仰张乐萍烈士墓

青山依旧在，
烈士柏中眠。
生入敌心脏，
精神千载传。
（1999 年 4 月 3 日）

娄山行

险关天下奇，
横亘数千里。
烽火随江去，
万家商业起。
（2000 年 2 月 16 日）

赠友人

君远住重庆，
吾闲居古城。
志同明道义，
一别踏征程。

（2001 年 4 月 8 日）

答胡开梅

心附南云逝，
故乡草未发。
春来江面上，
舟荡几人划？

（2004 年 12 月 28 日）

咏虎皮兰

风吹月影残，
寒透虎皮兰。
黄绿带斑驳，
性真如栗坚。

（2010 年 9 月 26 日）

鸳鸯鸟

在天比翼飞，
松下喜相嬉。
相伴水中游，
夜深苇岸栖。
（2002 年 6 月 3 日）

春日即事

桂林千嶂秀，
水暖始春游。
莲动惊鱼跃，
波平泛小舟。
（2008 年 12 月 1 日）

正安行

雾散鸟飞高，
雨停荷更娇。
池边数组桃，
还赖雅人浇。
（2008 年 3 月 10 日）

咏一品红

墙角数枝花，
碧青映彩霞。
光波随影动，
香气入千家。
（2010 年 10 月 1 日）

友情长存

有幸凭文会，
葡萄酒一杯。
站台挥手去，
如隼九天飞。
（2002 年 7 月 22 日）

读《论语》有感

《论语》品一周，
愿为诉讼头。
仁心来判案，
天下少徒囚。
（2016 年 9 月 15 日）

竹韵

院立万根竹，
孤高插雾端。
空节还韧劲，
不畏冷天寒。
（2013 年 1 月 6 日）

中秋

闲逛凤凰山，
更觉肉饼甜。
月明今夜在，
虚度又一年。
（2016 年 9 月 15 日）

赠何宜航

君住北门沟，
愚居江水头。
思君不见君，
聊寄半江秋。
（2012 年 9 月 14 日）

中秋感怀

明月映高树，
湘江没晓天。
把书犹嚼饼，
斜卧更悠闲。

（2016 年 9 月 15 日）

中秋夜闻天宫二号升空

明月倚高楼，
啸歌听晚秋。
天宫扶捊上，
宇宙梦神舟。

（2016 年 9 月 15 日）

鸟栖枝

山鸟栖高树，
仰头相向鸣。
张开华丽羽，
频转示深情。

（2016 年 9 月 17 日）

黄果树瀑布

瀑流挂半空，
飞落洗石隆。
溅玉飞珠碎，
一潭荡彩虹。
(2016 年 9 月 18 日)

赏　梅

幽院鸟徘徊，
一梅独自开。
盈盈花瓣动，
罗袜①嗅香来。
(2017 年 2 月 15 日)

① 罗袜，出自曹植《洛神赋》：凌波微步，罗袜生尘。罗袜，此指女子。

二、五律七首

彩云归

当年明月在，
曾把彩云笼。
青黛仍依旧，
感情几度浓。
讯息如闪电，
芍药似霓虹。
蒲苇丝不断，
万年志永同。

（2015 年 2 月 23 日）

悼陈方平

海天高岗冷，
孤杏透初阳。
坡陡荒坟密，
台平视线惶。
泥薄安壮士，
泪亮映烛光。
飞鸟绕松号，
众亲心自凉。

（2015 年 12 月 25 日）

作文秘诀

生活添冷雨，
浩气贯长空。
无语先明意，
未刮已起风。
匠心织美赋，
题目怵天翁。
新颖千年醉，
耻和万众同。
（2004 年 10 月 1 日）

吊舅兄

兄病不能寐，
坐直复痛吟。
天阴明月在，
气冷信心存。
孤雁鸣村外，
幼鹰号树林。
徘徊何所见，
夜尽吊亲人。
（2014 年 7 月 24 日）

读古诗所悟

常怀京邑情，
更壮故乡行。
绿树绕巍峨，
澄江映杂英。
别离忆旧地，
触动发新吟。
隽永兼依典，
千年留大名。

（2001 年 3 月 8 日）

遇风尘

温泉新浴后，
有女夜敲门。
脚步娉婷碎，
风尘袅袅人。
自言居内地，
常语赴前程。
好话相激励，
悲伤泪满襟。

（2000 年 2 月 5 日）

秋露

白露仲秋凉，
月明豇豆长。
痕沾珠玉重，
雾散雁鸦翔。
竹动惊山鸟，
水滴润桂香。
幽园藏永夜，
闹市映寒光。
（2016 年 9 月 9 日）

三、七绝一百六十六首

高考感言

年年岁岁花相似，
岁岁年年独自开。
今岁花开金筑处，
哪年开到播州来？
（2016年7月22日）

参观新建县一中

洞湾草长水从容，
一抹夕阳满野红。
垂柳摇池春气动，
久期龙大跃山中。
（2012年6月28日）

闻谌兄染疾

序：闻兄染小疾，远走不得视。
乘兴诌胡语，愿兄康健急。

明月春风趁盛年，
汇川灯烁照兄颜。
杏坛纵论文章久，
病榻高吟若等闲。
（2016 年 7 月 21 日）

赤水送刀客①

数年修得共室眠，
赤水一别淡月天。
哪日钓鱼和笋煮，
三杯浊酒度余闲。
（2016 年 7 月 8 日）

① 刀客：遵义县职校退休教师刘国学，微信昵称"刀客"。
曾与作者在遵义县二中一起工作。2016 年 6 月，二人
作为市劳模代表到赤水市风景区疗养，一直与作者共住
一室。

观书有感

名校求学不顾归，
龙吟云裂俊才回。
飞星直报中南海，
播府①天骄遍宇威。
（2016 年 8 月 8 日修改）

① 播府：即播州府，自唐至明，存在 961 年，明朝平播之役后废，2016 年，经国务院批准，撤遵义县设播州区，辖二十个镇乡。这里借播府代播州区。

天岛湖宾馆遐观

万山竹翠慕初阳，
千里乔松含乳香。
赤水秀姿天造就，
春来秋去莽苍苍。
（2016 年 6 月 19 日）

游赤水大瀑布

赤壁高悬十丈洞，
瀑流咆哮泻其中。
风吹雨雾腾空起，
云裂石崩天地融。
（2016 年 6 月 19 日）

月亮潭瀑布

瀑布喧嚣泻绿潭，
斑竹映水入云端。
鲤鱼吹气浮萍动，
溅玉飞珠浪卷天。
（2016 年 6 月 14 日）

游大同古镇

古镇名消大道归，
赤河水暖鸭先飞。
游船冒雨穿滩过，
众客瞻评陈贡碑①。
（2016 年 6 月 14 日）

① 陈贡碑：大同人陈贡珊，清代翰林学士，对赤水多有贡献，
当地人为纪念他，筹钱为其立陈贡珊碑。

丹霞溪谷

丹霞片片撒竹山，
溪谷幽幽泉水潺。
一燕穿云栖檩上，
粉蝶戏蕊众宾欢。
（2016 年 6 月 14 日）

游四洞沟

四洞沟幽景色新，
山泉激荡耳轰鸣。
茅竹簇翠入云雾，
雨润桫椤心陡明。
（2016 年 6 月 14 日）

游桐梓小西湖忆张学良将军

崖壁高悬映绿波，
滔滔白水泻江河。
将军曾系天门洞，
桥静月寒①响战歌②。
（2016 年 5 月 2 日）

① 桥静月寒：指 1937 年 7 月 7 日深夜卢沟桥静悄悄，寒冷
的月光洒地，却潜藏着日本侵略者进攻中国的巨大阴谋。
② 响战歌：指 1937 年 7 月 7 日卢沟桥事变爆发，中国人民
开始了全面抗日战争。

深山人家

奇域深山水映花，
云间烟火有人家。
葡萄瓜果温棚挂，
老妪呼鸡漫品茶。
（2016 年 4 月 30 日）

登楼感怀

独自凭栏独自愁，
吹箫声断更登楼。
桃花绽放人消瘦，
千种温柔梦里游。
（2016 年 4 月 17 日）

初冬即景

北风卷地千林醉，
黄叶恋枝舞树梢。
游客翻山经岭过，
转弯犹见絮花飘。
（2016 年 4 月 17 日）

登象山偶感

日照高林^①霞满山，
游人野径好悠闲。
忽闻倭寇侵鱼岛^②，
挂弹驾机入海天^③。

（2016 年 4 月 15 日）

① 日照高林：既是实景，又化用唐朝诗人常建《题破山寺
　后禅院》首联"清晨入古寺，初日照高林"诗句。
② 鱼岛：指自古以来的中国领土钓鱼岛。
③ 海天：一指我海空部队闻讯挂弹驾机升空迎敌；二指我国
　新款无人驾驶潜水贴海飞行器直冲敌舰。

盼人归

微霜未晓丽人愁，
仍载舳舻逛贵州。
频瞟三星^①微信至，
桃花开后再回头。

（2016 年 4 月 11 日）

① 三星：指中国产的韩国品牌智能手机。

夜赏樱花

窗外一枝樱蕊开，
香樟叶茂月徘徊。
清风无悔花无意，
惹得嗅香佳丽来。
（2016 年 4 月 9 日）

乘火车去贵阳水口寺

奇花后退铁龙驰，
鸟带夕阳水口西。
倘使守仁①今尚在，
动车闲坐返龙驿。
（2015 年 4 月 8 日）

① 守仁：指明代王守仁，曾做贵州龙场驿丞，心学的集大成
　者。与孔子、孟子、朱熹并称孔、孟、朱、王，可谓圣人。

游神农架板壁岩

竹林苍翠杜鹃红，
草甸如绒古木中。
板壁岩高山转处，
灵龟戏雾道相同。
（2015 年 6 月 17 日）

南明河边

日破云涛细雨霏，
白鸭戏水老鹰飞。
河边翠柳迎风醉，
小女扶翁自在归。
（2016 年 4 月 5 日）

日出

一轮红日透窗明，
岛上梨花落粉尘。
路客未识如画景，
依然奔竞论纷纭。
（2016 年 4 月 4 日）

赏樱花

一枝先占象山景，
花放水流携彩云。
游客尽说春尚早，
兴浓归路月黄昏。
（2016 年 3 月 16 日）

象山闻歌抒怀

一树樱花一树雪，
鸟鸣春早野花开。
轻歌曼妙伴风过，
众客足轻照韵拍。
（2016 年 3 月 5 日）

观花思人

万紫千红总是春，
撩开簇蕊觅佳人。
一江隔断念思久，
何日柳青再谒君。
（2016 年 3 月 2 日）

假期还乡

个小离家瘦了回，
乡音未改锦衣披。
村童相见不相识，
敢问行人你找谁？
（2016 年 2 月 8 日）

春思

春念春丝春景赏，
春思春梦春天涨。
春情春忆春花想，
春意春郎春树漾。
（2016 年 2 月 5 日）

立春

春风春雨春天凉，
春叶春枝春草长。
春雾春云春气爽，
春莺春雀春飞忙。
（2016 年 4 月 6 日）

月夜

玉楼光烁起笙歌，
风送丽人笑语和。
斜月梨花绕雾落，
倚窗帘卷看银河。
（2015 年 4 月 10 日）

踏青

一树樱花一树春，
一庭桃蕊落风尘。
一车朋友踏青去，
一路全为赏景人。
（2015 年 3 月 21 日）

游天池

风吹池水起涟漪，
美女赏花塘坳西。
翠柳拂船倩影动，
莲娃钓叟凭栏嬉。
（2015 年 3 月 16 日）

游花溪十里河滩

风暖拂荷十里香，
溪边绿柳映池塘。
乌龟爬上礁石坐，
野径游人醉异芳。
（2013 年 6 月 18 日）

春雪

朔风卷地春光荡，
银树远山共比高。
鸟雀凌寒呼友伴，
任由白雪满天飘。
（2014 年 12 月 11 日）

湄潭印象

一马平川种绿茶，
万千游子盼归家。
夕阳脉脉满筐后，
炒作毛尖销海涯。
（2016 年 8 月 7 日）

烟花三月

烟花三月折曲柳，
泪眼濛濛上小舟。
挥手自兹别友后，
孤帆径去荡悠悠。
（2016 年 8 月 7 日）

赏雪抒怀

雪飞天际变清凉，
冬至将阑杀肥羊。
生众陋室歌古调，
且抒理想寄朝阳。
（2014 年 12 月 26 日）

游山不值

日映苍松雁影斜，
山幽路静奏横笛。
白云尽处弦歌起，
菽浪千重舞彩蝶。
（2014 年 11 月 21 日）

思远人

燕子双飞戏绿洲，
鲤鱼吻颈荡清流。
昨天约好久不至，
荷嫩也愁到日头。
（2014 年 11 月 20 日）

观景

一树樱花一树春，
一庭绿柳一庭云。
一江水月一渔叟，
一路笙箫一雅人。

（2014 年 11 月 19 日）

龙里行

秋雀叽叽映落晖，
远山叠翠电机围。
几前草地频喝酒，
星烁颗颗伴月归。

（2014 年 11 月 03 日）

龙里草原吟

百里草原透乳香，
蒙包托日棋牌响。
山腰骑马草花茂，
遍地沼泽忆故乡。

（2014 年 11 月 03 日）

游龙里大草原

百里草原烤肉香，
两三村妇赶羊忙。
风机旋转燕归去，
环保能源输远方。
（2014 年 11 月 3 日）

樟树吟

百千樟树道旁栽。
风暖逐云香自来。
但得阳光营养够，
无需肥料剪刀裁。
（2014 年 10 月 30 日）

惜时

三更灯火五更鸡，
正是男儿勤奋时。
隔岸专心学钓技，
一生碌碌众人惜。
（2016 年 8 月 8 日）

吊梁龙华

故乡从教又十年，
思秉挥鞭化作烟。
月落洞湾难遂意，
南中桃李满人间。
（2016 年 6 月 23 日）

恋旧情

枝上柳绵吹又少，
天涯何处无芳草。
唯独佳丽最为妙，
千障阻隔非要找。
（2016 年 4 月 25 日）

盼远人

微霜未晓丽人愁，
仍载舳舻逛泸州。
鸿雁长飞频送信，
烟花三月有回舟。
（2016 年 4 月 11 日）

题赠故人

秋雨幽窗怎可听，
倚楼闲望牡丹亭。
世间亦有痴情我，
月到中天念故人。
（2016 年 8 月 8 日）

悼亡兄刘祥麟

娄山树泣乌云啸，
湘水悲歌送纸船。
仁厚尊兄魂永去，
尚学重义万年传。
（2014 年 7 月 24 日）

题赠肖银涛

寒风吹到夜郎西，
赏雪危楼妄论诗。
刺股求学达四月，
惟观雨细老桐滴。
（2003 月 1 月 2 日）

赠黄满强

黄山绝壁伫苍松，
满岭枫摇叶正红。
强驭浓云君快去，
倚天宝剑敢屠龙。
（2003 月 12 月 8 日）

教育感言

何德方令善才服，
文艺双馨别故都。
景好情浓君莫记，
直将画笔绘宏图。
（2003 月 3 月 1 日）

南山吟

雾锁南山晓月寒，
鸟鸣樟树露滴兰。
凉亭小憩观河汉，
星斗满天夜正阑。
（2003 月 4 月 8 日）

初冬游象山

北风吹树醉红云，
忽见岭头日色昏。
生众心急察底细，
缘为武警搞强军。

（2013 年 11 月 15 日）

象山抒怀①

朔风萧瑟草枯径，
松树有心迎客人。
山顶石凉席地坐，
歌吟朗诵泻豪情。

（2013 年 11 月 15 日）

① 2013 年 11 月 14 日下午 3 月 15 分与高三（2）班 120 多
位学生游象山，在山顶平台处表演歌舞，时间达 2 个小时。
师生意犹未尽，至晚 6 点过下山。是夜凌晨 5：30 分醒来，
突发灵感，吟成两首七绝。抒发了对中国人民解放军"强
军"的赞美和对学生立志报国愿望的赞赏。特别是后一首，
采用了以哀景抒乐情、拟人、反衬的手法，融情于景，平
仄工稳。学生好评如潮。

见梅开

鸟雀斜阳千啭啼，
梅苞待放嫩枝稀。
月芽挂杪叶长醒，
花瓣盈盈罗袜嬉。

（2014 年 3 月 15 日）

六十抒怀

暖风一缕荷花放，
杨柳万千比短长。
本是凤凰松下客，
仍依籍典论华章。

（2014 年 6 月 24 日）

桃溪河畔

曾向桃溪载酒行，
荷香十里弄晴晖。
嫩花今日尽开放，
却伴秋声送客归。

（2014 年 5 月 20 日）

赠友人

张郎忆旧逛红城，
远树高山映日跟。
芳草虫鸣春满地，
落花过柳不留痕。

（2015 年 1 月 5 日）

别冯兄①

相见时难别也难，
再观美景念英男。
息烽遵义一江断，
何日重逢赏晓岚。

（2015 年 6 月 21 日）

① 冯兄：即息烽县文联的冯曙建。作者曾与他于 2015 年 6 月
12 日至 24 日到湖北武当山、神农架疗养。别后时有唱和。

与众先进登武当山金顶

群峰簇翠入窗来，
叠嶂孤独山断开。
闲坐索车懒费劲，
一冲金顶慰贤才。

（2015 年 6 月 19 日）

参观苟坝会议会址

四围峰聚高林远，
一栋老屋瓦缝干。
苟坝夜阑方向改，
红军从此扭危难。
（2016 年 8 月 10 日）

游苟坝感怀

数万红军打土城，
外围蒋虏尽逡巡。
泽东夜找恩来①议，
改变指挥匪寇晕。
（2016 年 8 月 10 日）

① 泽东：即毛泽东。恩来，即周恩来。1935 年 1 月 15 日至
17 日，中共中央召开了遵义会议，会议批判了左倾错误，
确立了毛泽东在全党全军的领导地位。随即召开的苟坝会
议，成立了以毛泽东、周恩来、王稼祥为成员的新三人军
事指挥小组。红军四渡赤水，转危为安。

纪念红军长征胜利八十周年

长征胜利八十载，
大腕①齐奔苟坝湾。
舞蹈旋歌拍鼓起，
红军元素普天传。
（2016 年 8 月 10 日）

① 大腕：2016 年 8 月 10 日下午，为纪念红军长征胜利 80
周年，由中国文联，中国文艺志愿者协会，中共贵州省委
宣传部主办的"送欢乐下基层"慰问演出，在播州区苟坝
会议陈列馆广场举行。牛群、殷秀梅、刘和刚等明星齐聚
苟坝。演出由著名相声演员、表演艺术家牛群和中央电视
台著名主持人康辉、张雷及贵州电视台主持人金竹主持。
作者作为区劳动模范代表观看了演出。

读史有悟

齐将火牛冲敌阵，
君王宫殿候军情。
银河灿烂练兵早，
血战沙场谁再赢？
（2001 年 6 月）

藏头诗

苟且偷生非本意，
贤良早为故国期。
忠贞热血沃华夏，
屡建勋业世所稀。
（2001 月 6 月 2 日）

秋夜

昨夜秋凉昨夜风，
一田稻穗全不同。
秆粗皆靠阳光照，
粒大实凭人力功。
（2012 年 8 月 18 日）

南中逢故交

绿意扑窗趣事多，
莫将岁月变蹉跎。
林荫漫步还相见，
问尔何时书大作？
（2002 月 4 月 8 日）

贺播州区①成立

返本归名因雅望，
州如鹏翼庇乌江。
播州水秀田园醉，
找到乡愁②四季芳。
（2016 年 8 月 10 日）

① 播州区：经国务院批准，于 2016 年 6 月正式成立，辖十八镇两个乡。人口 86 万。
② 找到乡愁：2015 年 6 月，中共中央总书记、国家主席、中央军委主席习近平视察贵州省遵义县枫香镇花茂村时说："怪不得大家都来，在这里找到乡愁了。"

吟诗有感

博览群书掩卷思，
游山赏景须心细。
夜深偶有惊人句，
乘兴开灯寻本记。
（2016 年 8 月 12 日）

赠吾师王向远①

王杨卢骆当时体，
向晚为文岂敢休？
远域异邦来比较，
贯通欧亚苦深究。
（2002 月 6 月 28 日）

① 王向远：北京师范大学教授，博士生导师，美国哈佛大学
访问学者，曾教作者的比较文学。课间休息时，作者写藏
头诗送给他，表达对老师"学贯中西还苦求"的崇敬之情。

象山观太极剑

秋阳照树野花开，
箫管声声入耳来。
曼舞太极逼剑气，
纵横踏步把风裁。
（2016 年 10 月 23 日）

山行

清风无痕有芳华，
路远山高飘彩霞。
游客林间独自走，
茂竹尽头又思家。
（2016 年 12 月 6 日）

阳台著文

清风拂面自清凉，
重上楼阁着淡装。
遥看千山急雨下，
回头借典著华章。
（2016 年 12 月 6 日）

致远方

人生若只如初见，
何事秋风悲画扇。
他日寻欢林茂处，
满天朗月亦装酣。
（2016 年 11 月 17 日）

登八达岭长城

天阔云轻风渐小，
八达岭上气冲霄。
绵延万里双关①尽，
笑看千年吾辈骄。
（2003 年 10 月 10 日）

① 双关：指山海关和嘉峪关。

乘船有感

一

夜半钟声催上船，
提包稳健至舷前。
公安乘兴传来话，
校长后行客走先。

二

绿光闪烁进华船，
机器轰鸣自在眠。
万里风急堪浪簸，
晨曦微露海天连。
（1999 年 10 月 28 日）

游北京故宫

皇宇九千九百栋，
檩雕檐画舞红龙。
石阶耀眼汉白玉，
铜柱金銮谁再痛？
（1999 年 9 月 29 日）

赠友人

藩篱岂束山中凤，
玲透善言好用功。
行旅苦辛颇费劲，
且留小影盼重逢。
（1999 年 10 月 28 日）

游烟台蓬莱

烟台苹果香甜脆，
美女如云游客醉。
仙境蓬莱伤古迹，
舰桥雾散观潮退。
（1999 年 10 月 25 日）

宿青岛饭店①

夜宿高楼观绿岛，
将军台上赞天骄。
歼八昂首穿空去，
导弹出舱敌遁逃。

① 注：作者参观青岛海军博物馆，当晚住宿青岛饭店。

（1999 年 10 月 25 日）

游三峡

逆水航行感受奇，
船颠江险鳜鱼急。
直穿叠嶂女神秀，
山陡滩多夜鸟栖。
（1995 年 9 月 15 日）

自题姓名

百家姓上第一人，
社会由君来组成。
宗庙祠堂其可少？
杏园月朗踏征程。
（2000 年 2 月 15 日）

游大连

一

旖旎风光在大连，
海滨城市换新颜。
温和气候宜长住，
多想再活五百年。

二

蓝天碧海衬石滩，
一片汪洋打海船。
神龟探子天然造，
草地击球不想还。
（1999 年 10 月 28 日）

赠何静

何时跃马缚苍龙，
静待势平练内功。
大鸟一天扶拚上，
云端偶尔露真容。
（2001 年 5 月 20 日）

题赠高三学生

径幽信步品华章，
山顶远观情万丈。
论古长廊今必是，
真功练就走八方。
（2001 年 6 月 2 日）

答学生

梧桐细雨丽词多，
夜半灯黄耐苦磨。
问尔桂香何处去？
满腹经略赴南国。
（2001 年 6 月 22 日）

校园吟

柳绿出墙争早夏，
丁香枝密挂新芽。
李花轻曳书声琅，
芳草含珠意趣遐。
（2001 年 6 月 28 日）

杨贵妃

依依垂柳初拂水，
艳丽香车醉春风。
新燕啄泥将打住，
嫩荷高擎怕开蓬。
（2004 年 4 月 7 日）

题赠康俊

今日泪涔为哪般？
只因求教惹师烦。
后排罚站又何妨？
金榜题名比汉藩。
（2004 年 11 月 17 日）

吊周池母亲

千江水月满江情，
纸隼凌空祭远魂。
入藏车行桥断处，
一腔哀怨瘗昆仑。
（2004 年 11 月 19 日）

和友人

红河水涨怨悠悠，
流到漓江古渡头。
独上高楼难望见，
返身对饮欲说愁。
（2004 年 12 月 20 日）

赠陈聪毅同学

陈年旧事绕愁肠，
聪颖还需借壁光。
毅奕复读何所恨？
渭河波涌盼书郎。
（2003 年 8 月 15 日）

教师节有感

九月日高天气新，
玫瑰一束表真情。
龙飞凤舞描天下，
万里河山任尔行。
（2003 年 9 月 10 日）

送李颖

李花倚柳自然开，
颖悟人生论道来。
明月伴风君走远，
立春丹桂满庭栽。
（2004 年 2 月 4 日）

赠周文娟

周游异域壮思飞，
文采汪洋载誉回。
娟子英伦击大鼓，
湖光月影盼朝晖。
（2004 年 2 月 8 日）

改王昌龄《闺怨诗》

登楼忽见路头柳，
悔教丈夫去觅侯。
少妇闺中千万愁，
化为春水满江流。
（2011 年 10 月 3 日）

无题

胸怀大志岂心甘，
不忍塘边菊蕊残。
水木未名幽静处，
荷花池畔赏晴岚。
（2011 年 11 月 8 日）

晨起寄陈文健

岳麓青葱露未干，
蝶蜂戏蕊岂堪眠？
蝉鸣高树读书早，
一抟直冲翔九天。
（2010 年 9 月 3 日）

咏蔷薇

蔷薇映月粉蝶飞，
夤夜园中开几蕊。
犹在枝头连绿水，
东风吩咐莫横吹。
（2010 年 9 月 18 日）

拔河偶吟

细雨叶飘雾锁山，
金菊开放气盈天。
拔河场上齐声吼，
汗洒赛绳得胜还。
（2010 年 11 月 3 日）

初冬与众生登山得韵

云开日映孟冬寒，
满树枯枝喜气酣。
励志豪言天震动，
丛林静处和声喧。
（2010 年 11 月 16 日）

答昌永胜

人本匆匆意气昂，
尽说理想在何方。
随时变化离愁散，
勤奋三秋丹桂香。
（2010 年 11 月 16 日）

无题二首

一

暮云收尽透清寒，
银汉无声转玉盘。
此夜纵情难永好，
明年明月哪堪看？

二

清溪流过碧山头，
渌水澄鲜一色秋。
隔断红尘三万里，
白云绿叶两悠悠。
（2010 年 10 月 23 日）

致罗蕾

罗萦丹桂近邻家，
蕾绽夏天千口夸。
花盛全依浇水细，
树直犹得剪枝桠。
（2010 年 11 月 30 日）

吊喑诗

黔山树泣风云变，
大海悲歌送纸船。
钟母气绝魂永去，
精神不朽万年传。
（2010 年 12 月 10 日）

教师节登象山

千江有水满江情，
万里无云万里天。
登上象山独念远，
秋风一缕意阑珊。
（2005 年 9 月 10 日）

春游马渡河

白鹭蹁跹戏碧波，
小牛悠雅卧山坡。
高树喜闻群鸟唱，
众芳争艳粉蝶多。
（2002 年 4 月 6 日）

捉螃蟹

两山排闼送春来，
徒手探石捉大蟹。
旋捡干柴将肉烤，
慢吞细咽永咨嗟。
（2002 年 4 月 6 日）

平桥抒怀

李花竹翠送君游，
赏尽春山何论愁。
绿柳依依如酒醉，
劈波击水到中流。
（2002 年 4 月 6 日）

乌江游

绿水青山销尽愁，
回塘莲动弄轻舟。
两岸歌息深夜起，
惟观江涌向东流。
（2002 年 4 月 12 日）

登高赋得赠家永兄

赵父行车起古周，
家离蜀地赴遵求。
永言黔北平安事，
浪涌千尺停渡头。
（2002 年 4 月 15 日）

秋登华山

黄蕊傲霜透幕明，
云霞飞逝映征程。
华山曲径通幽处，
古树笑迎攀顶人。
（2002 年 4 月 20 日）

学生周平嘱吟

周游五岳觅真经
平素尽心不为名。
立志飞天何日现？
亦攀月殿泻豪情。
（2002 年 6 月 3 日）

咏象山

无情杨柳满青山，
柏树谷中长更艰。
本是经冬难敷物，
还得环境久相搀。
（2002 年 11 月 21 日）

步骋臣三同学韵

春泥培土蕊趋红，
仅是南山一小工。
庄子精深宏且大，
陋拙岂与孔朱同。
（2006 年 11 月 12 日）

十月一日登红军山

俯瞰湘江汨汨流，
徐行清渚起乡愁。
最悲高树遮法眼，
登顶远观尽府州。
（2007 年 1 月 10 日）

观景赋得

龙避深潭露首来，
绿阴虎卧杏花开。
四方俊彦纷纭至，
一眼清泉毓大才。
（2007 年 1 月 15 日）

教学杂吟

九日云轻登雅台，
临风把酒散愁怀。
世人皆谓南中苦，
花圃勤耘乐自来。
（2007 年 9 月 9 日）

小池观鱼

怪石着意伫池塘，
光映红荷淡淡香。
鱼弋不言萍草密，
往来击水为何忙？
（2008 年 4 月 1 日）

春雨喜吟

桂影婆娑映碧空，
半塘春意半塘红。
荷滴喜雨荷娇艳，
鱼戏浮蘋蘋草葱。
（2008 年 4 月 23 日）

惊闻汶川地震

小池绿草嫩荷伤，
鱼弋塘中胡乱忙。
水面无风波卷涌，
汶川地震痛吾乡。
（2008 年 5 月 28）

国庆感怀

千里求学不欲归，
互帮探讨逸情飞。
南山挥笔黄昏后，
月色融融尽酒杯。
（2002 年 10 月 1 日）

六楼观景

开窗犹见鹭翩飞，
远处农人荷担归。
春树逆风帘自卷，
恰逢学子写生回。
（2011 年 11 月 3 日）

赠王芳

王妹隆冬讲雅章，
芳菲满院诉衷肠。
自今才女色颜秀，
花落花开几度香。
（2003 年 1 月 13 日）

步黄琴诗韵

情聚情缘情在先，
情深情浅志无边。
有情无意终无意，
情到尽时怎尽言？
（2008 年 10 月 27 日）

冬日授课

丹丹唇启雪飞天，
语似梅花飘颈间。
声美柔如初夏雨，
笑颜常驻酒窝边。
（2009 年 12 月 24 日）

题赠叶利

芙蓉江水绕山行，
月影半江半壁情。
江水不知何处去？
惠泽桑梓万乡人。

（2009 年 12 月 27 日）

圣诞节赋得

心沉犹似九回肠，
楼上远观思故乡。
人生短暂何须叹，
拟握青春挑大梁。

（2009 年 12 月 27 日）

午休见寄

诗轩吟咏害羞心，
志向宏达未吐名。
挚友似如泾渭水，
清浊分辨万年行。

（2009 年 12 月 25 日）

午休遐思

心沉好似九曲肠，
望尽天涯思故乡。
桃李枇杷犹在否？
梦中鱼跃满回塘。
（2009 年 12 月 28 日）

夜观垂钓

秋风弄月洗花残，
苇岸浅滩禽并眠。
鱼钓满盆无去意，
仍抛金线入深潭。
（2008 年 11 月 26 日）

鸿运当头吟

朔风冷雨透身寒，
鸿运当头正悦然。
绿叶共扶花蕊绽，
香飞六月送婵娟。
（2010 年 1 月 8 日）

冬雪

满天浓雾锁深山，
片片梨花落树巅。
墙下惊竹将破土，
哦吟动地气凭添。

（2010 年 1 月 12 日）

夏夜送友人

淡月轻风抚嫩荷，
鸳鸯戏水岸连阁。
鲤鱼跳浪故人去，
深夜折枝还寂寞。

（2010 年 1 月 16 日）

荷兰铁歌

荷兰铁茂教室栽，
八九学生皆乐怀。
夜尽月明灯影晃，
将来敢做栋梁材。

（2010 年 1 月 24 日）

杉木河漂流

日破云涛映木河，
三山排闼响长歌。
潕阳河水翻天涌，
一任漂流到雅阁。
（2009 年 7 月 26 日）

冬日日出

日穿雾海化霜天，
群鸟嬉逐鸣树巅。
百里高原声号起，
城乡互补醉田园。
（2013 年 1 月 13 日）

登象山抒怀

青苍山色雨濛濛，
万木吐芽飘絮绒。
登顶象山天下小，
何时大海弋蛟龙。
（2002 年 11 月 20 日）

又登南山

整日读书不懂春，
墙边桃蕊落红尘。
鸟儿未晓客心苦，
偏在枝头自在鸣。
（2002 年 1 月 3 日）

教学偶吟

陈情紫殿尔来听，
静立簾前盼喜音。
梅蕊有缘妆画壁，
满庭丹桂尽无心。
（2006 年 5 月 5 日）

登山顶闻书声

满岭杨槐夹绿阴，
忽闻松下诵书声。
觅踪扯草攀援找，
原是深山种稻人。
（2002 年 8 月 20 日）

悼岳父

少时过继父达山，
忙里读书还纺棉。
饭店经营辛苦久，
收藏字画度余年。
（1995 年 12 月 26 日）

悼父亲

少时勤勉务农耕，
忠笃爱国皆为人。
持信守成非利己，
朴实敦厚慰平生。
（2004 年 1 月 29 日）

祭慈母

青山雾锁水迢迢，
秋尽娄山草木凋。
慈母勤劳湮厚土，
恨留魂魄万年飘。
（2004 年 1 月 28 日）

游黄鹤楼白龙池

岩壁勾描归鹤图，
睡莲片片楚天舒。
锦鳞跃水红云动，
龙吐青波透道乎？
（2015 年 6 月 19 日）

游武当山

道宗福地武当山，
千木蔽阴油路闲。
云海闹腾遮胜顶，
万人朝圣艳阳天。
（2015 年 6 月 18 日）

游神农谷

山临深涧乱石生，
似柱入云鬼斧神。
燕岭挤压农谷架，
亿年奇貌蚀溶成。
（2015 年 6 月 20 日）

闻 G20 峰会在杭州召开

国家强大千般有，
科技弱疲屡受欺。
经济腾飞成正统。
优先教育道归一。
（2016 年 9 月 16 日）

咏谭瑶所拍荷塘图

两山排闼现荷塘，
绿叶共扶红蕊香。
青紫白花开放后，
犹留高雅励群芳。
（2016 年 12 月 11 日）

赠曾永强弟

同窗探讨近三年，
各为学生久不闲。
患病寻医除未尽，
拟求仲景将魔斩。
（2016 年 12 月 18 日）

雨中登象山

雨雾迷濛连远山，
坡头鸟雀未曾眠。
游人拍手尽歌舞，
花匠剪枝岂敢闲？
(2016 年 12 月 17 日)

读书悟道

人间物种自然生，
宇宙星辰遵轨行。
彼长此消呈万象，
寻源问理觅真经。
(2017 年 3 月 25 日)

春日游山

云海茫茫锁远山，
游人拍照正悠闲。
阳春树绿百花放，
万里欣荣岂可眠？
(2017 年 3 月 26 日)

甲秀楼感怀

七孔流深水面清，
小洲白鹤自由行。
年关已近春风暖，
万户灯红照古今。
（2017 年 1 月 26 日）

鹿冲关森林公园

无叶玉兰幽径开，
香樟松树满园栽。
丛丛竹茂冲天挤，
林静山清人自来。
（2017 年 1 月 28 日）

贵阳鹿冲关莲花亭

莲花亭上赏云霞，
远树婆娑遮草芽。
幽径独行闻鸟语，
黔灵山顶隐人家。
（2017 年 1 月 28 日）

正月初八中午游象山

万里晴空一鹤飞，
三三两两路人归。
四五六七春鸟戏，
九十云朵弄芳菲。
（2017年2月4日）

登象山山顶感悟

百槐千松透夕阳，
独上山巅觑四方。
万载风云从此过，
唯存乌江自流汤。
（2017年2月5日）

答刘勇

槐柳万千比短长，
鸣泉汨汨淌流忙。
老牛田园初耕过，
啮草春山独自伤。
（2017年4月4日）

游湄潭桃花水寨

桃花水寨彩霞生，
池浅鲟闲笑路人。
山色千重来眼底，
四时陂闹尽观君。
（2017 年 4 月 16 日）

分房有感

议论纷纷只为房，
一楼顶宇有厨窗。
十年未至新屋建，
绿树绕庭闻草香。
（2017 年 3 月 29 日）

香樟树

香樟春茂叶枯落，
岁岁繁荣芽嫩多。
他树未得该代谢，
夏阴秋瘦自然活。
（2017 年 4 月 9 日）

四、七律十六首

步一三韵庆世昌康复

兄长康复出御院，
嫩荷怒放自扶床。
皇医庆贺续情愫，
嫂子祝福敛丽裳。
煮酒诗风柜里找，
夺云气势家中藏。
宏词沐雨催铁道，
雅曲霏飞笑贵阳。
（2016 年 7 月 19 日）

闻谌世昌兄病愈归乡

燕山风雨送夕阳，
兄长病愈归故乡。
床上暂凭医士顾[1]，
车中只有老妻忙。
泰山闻讯添豪气，
湘水知悉翻巨浪。
幸有一三频鼓励，
杜鹃起舞贺谌昌。

（2016 年 7 月 19 日）

[1] 医士顾：谌世昌在北京住院期间，国家卫计委副主任王培
安曾请两位医学院士为其治病。

天岛湖胜景

杉木丛丛争茂盛，
楠竹簇簇绕坡生。
雄鹰展翅晴空舞，
白鹤引吭绿岛鸣。
叠嶂层峦连水碧，
游人钓叟照天清。
洋房成片湖边建，
小径悠行享太平。

（2016 年 6 月 19 日）

侏罗纪公园

孤松竹伴新枝茂，
电动恐龙张指爪。
涧里芭蕉托日绿，
桥边古木吐尘骄。
两山壁陡流泉美，
一径阶平异树高。
罗纪公园添色秀，
劳模游此乐逍遥。
（2016 年 6 月 19 日）

武当山感怀

无双胜景武当现，
云气蒸腾第一山。
真悟论说玄帝殿，
三丰击剑彩云边。
朱皇①谋远定天下，
太子智高修庙观。
卅万劳工精力尽，
铸成道教万年传。
（2015 年 6 月 16 日）

① 朱皇：指明成祖朱棣。

小村

细雨斜风飞鸟啼，
远山高树晓还稀。
径幽岸阔锣声脆，
村小室宁弦韵急。
众客评今豪饮酒，
佳人蹙额乐安棋。
暮阳挂杪登车去，
家道兴隆老所依。

（2015 年 4 月 5 日）

游黄鹤楼

龟蛇耸峙锁长江，
黄鹤楼新云雾茫。
池雁弄姿连柳色，
白龙戏水保一方。
楚天极目汉阳小，
胜地观天大义昌。
楼废楼兴千古事，
骚人到此咏诗章。

（2015 年 6 月 18 日）

一中升类赞

天阔云轻丹桂香，
勤学乐教美名扬。
建章立制求发展，
积智怀仁借壁光。
龙洞探源明大道，
梅花凝雪映辉煌。
冬青吐翠含夕籁，
生众业成惠四方。
（2014 年 12 月 25 日）

贺新婚

莺啼燕语汽车喧，
草嫩桃红鸟鹊缠。
蒋总雅词描胜景，
新娘巧手舞天仙。
机中锦字说长爱，
被上鸳鸯喜久眠。
为问莲开诚岂在？
白头偕老赞千年。
（2014 年 2 月 22 日）

材料作文歌

材料作文勤训练，
精心立意是关键。
赋章议叙确需定，
图样构思非细言。
技巧素材剖证透，
添花白纸碌劳先。
吸人睿眼凭文采，
妙笔创新比大仙。
（2012 年 8 月 26 日）

忆明妃

凛风残照香车壁，
妃子出宫泪欲滴。
蹙黛回头思故土，
和亲离苑恋王戚。
昏君图照失红粉，
延寿冤沉留质疑？
常借琵琶托大雁，
莽原青冢暮云知。
（2004 年 7 月 1 日）

丙戌十月初五夜闻箫声

玉管悠悠树影朦，
孤竹映月衬苍松。
裂石穿雾疑为幻，
淑女答言如梦中。
梅蕊乍开新雨后，
杏城紧靠岁寒冬。
早知南燕双飞去，
身在异乡何以从。

（2006 年 12 月 7 日）

教学杂吟

杏坛耘圃四十年，
面有愧颜说体验。
半夜挑灯人是本，
白天耕地理行先。
变成蜂匠采花蜜，
纆作蚕丝无怨言。
教改路遥云散尽，
潜心学海乐无边。

（2016 年 8 月 30 日）

贺彭一三兄荣任市文化市场协会会长

小序：兄台为遵义市文化市场繁荣苦心孤
诣，今作诗一首，以表崇敬之情。
　　　　一三不怕酒喝干，
　　　　万盏千杯若等闲。
　　　　鲜肉伴麻腾细浪，
　　　　泥鳅沾辣煮鱼丸。
　　　　雅室述典心中暖，
　　　　闲椅出牌脸上甜。
　　　　更喜钱钞飘似雪，
　　　　市场兴旺乐开颜。
（2016 年 12 月 17 日）

2016年除夕

万家灯火映天南，

群雁归巢千户闲。

稚子①笑颜发短信，

老夫起兴作诗篇。

侄儿②留日谈观后，

媳妇弄糖摆案前，

春晚将阑惊坐起，

炮竹震耳庆新年。

① 稚子：儿子赵师瑶，第二炮兵工程学院本科毕业，现供职于贵阳市公安交通管理局。
② 侄儿：内侄刘锐，2016年考入日本东洋大学读研究生。

赞时代楷模黄大发①

草王坝矮漫云霞，

十载九干玉米沙。

大发立心终奋起，

村民集力始随他。

锄挖炮炸星披月，

脚踩手刨渠挂崖。

清水穿岩滋垄稻，

愚公生命富千家。

① 黄大发，贵州省遵义市播州区平正乡原草王坝村党支部书记，现年82岁。2017年4月25日被中共中央宣传部授予时代楷模称号。

第三编

溅玉飞珠

一、词十九首

芳心苦·又见故人

凫雁回塘，鸳鸯别浦，绿荷阻断华舟路。貌无蝴蝶慕清香，绸衣脱尽芳心苦。

漫步花丛，行云带露，卿卿似与伊人语。当年无意娶春风，无端却被时光误。

（2015年4月15日）

采桑子·喜君来

伤君不似三春雨，东西南中，南北东中，一直淅滴雾满空。

哀君好似三春雨，乍消疏通。沟满疏通，祈愿心平对我忠。

（2015年3月18日）

蝶恋花·友人微信至

暖雨和风初解冻,柳丝依依,已觉春心动。厚意柔情谁与共?颐滴残粉樱花重。

乍试夹衣针线蹦,手巧心灵,明月人间凤。席凉夜长无好梦,被薄人闲微信弄。

(2015 年 3 月 1 日)

眼儿媚·思远人

留恨绵绵柳弄柔,微信织成愁。李花未醒,梨花先雪,一半春休。

重重往事难提起,旧梦绕层楼。相思无限,河宽桥险,绪满汀洲。

(2015 年 2 月 22 日)

忆秦娥·与君别

笙箫咽,思念尽望林梢月。林梢月,春江水冷,雾中惜别。

翠竹滴泪孤灯灭。清风素面忧名节。忧名节,一声笛响,苍天无色。

(2015 年 11 月 27 日)

踏莎行·春将至

远树萌春，冬声稀少，奇花飘尽蔷薇小。象山人静雾蒙蒙，竹簾平开余音袅。

密码沉沉，幽情杳杳。心凉恨满休拍照。倚窗啐语向东观，兰香俊秀连芳草。

（2015 年 11 月 9 日）

德荣调·评中朝

望烽烟，铸长剑，九歌一曲祭轩辕。北城晚，旗飘卷，隔岸火连天。

孤帆远，飞雁点，残梦酒醒已千年。水犹寒，江山换，宁边核云散。

（2014 年 8 月 8 日）

醉花阴·梦醒

风烈云浓几度有？乱蕊霜飞走。莺啼梦初平，拭泪长亭，起舞横笛奏。

归屋入帐脱长袖？起坐花香透。管哑散冰花，阶冷朱窗，人至诚心够。

（2014 年 11 月 13 日）

玉楼春·做梦不成更已近

　　别后哪知君处境，细看消息多少闷。
渐行渐远盼回书，水阔山长侬怎问？

　　月庭深深斑竹韵，万树千林都是恨。
且抱单枕梦中寻，做梦不成更已近。

　　（2016 年 8 月 8 日）

江城子·春风杨柳弄晴柔

　　春风杨柳弄晴柔。怨悠悠，恨悠悠。
犹记多情，曾与翠山游。草地松林当日事，
人已老，水空流。

　　时光不为壮年留，月如钩，照高楼。
李蕊飘窗，花落立床头。化作乌江都是泪，
搬不动，一船愁。

　　（2015 年 1 月 27 日）

德荣歌·贺奥运健儿凯旋

草绿悉尼，不夜天，银花满树。望星空，倚窗难寐，恐负重托。射场烟腾谁堪弱？璐娜枪鸣楚地阔。力千均，吼声传寰宇，万民嚄。

池水溅，蛟龙入。杠上翻，如燕落。令辉睿智显，几番杀夺。丽萍挥汗为强国，名将折桂任凭说。廿八金，赖拼搏激情，壮山河。

（原载于<<新体育>>2000 年 11 期）

沁园春·西部颂

西部开发，玉树云蒸，五岭欢呼。看天山南麓，牛羊群跃，戈壁滩头，页气东输，高铁狂奔，车行俊轨，俏丽珠峰脚下殊。晴晖再，藏水新疆调，险峡平湖。

农家小院栽竹，引千业工商万众扶。建山村别墅，四通普现，机耕沃土，雅座读书。花种沙洲，杜鹃婉转，百姓迈上富裕途。将来意，搞科学创新，巧绘宏图。

（2000 年 10 月 20 日）

水调歌头·千年吟

华夏等天醒，灯烁庆新世。静听钟磬悠远，师众贺千禧。恰遇朝阳直照，奋臂扬鞭追梦，弯路不相惜。企盼吐丝尽，织锦助学习。

李花开，飞模具，幕相依。白标台上稍动，黑屏画面奇。课件蓝光急闪，雅赋章法凸显，侧耳谛分析。独创兴邦策，寰宇奏横笛。

（1999 年 12 月 19 日）

蝶恋花·读书偶吟

三月云涌惊天地，蔓草荒郊，抔土黄花逝。碧血横飞填浩气，冲杀震吼相先继。

几路攻伐城未举，挂弹轰然，入监从容去。暮霭坟茔潇潇雨，英雄九泉怅何许？

（2001 年 1 月 1 日）

一剪梅·北海银滩

南海银滩浪打舟，一片白沙，深水击游。
波翻云荡乱激石，独坐船舷，喜上心头。

风起沙涂友自留，人靓殷殷，早去乡愁。
露胸光脚伞遮眠，无限相思，尽被漂流。

（1998 年 7 月 26 日）

德荣词·贺新春

瑞雪满天飞降，树凝冻泉徜徉。草芽
露头透泥香，暖气沉沉向上。

晓月融融荡漾，碧空大雁斜翔。携妻
牵子至何方？企业投资增长。

（2000 年 2 月 14 日）

渔家傲·乌江游

遥看瀑流倾雅涧，峡中电路穿山险。碧
浪旋转清水卷，红荷乱，湖边老叟垂鱼线。

游艇汽船悠悠窜，银鱼跳荡穿梭见。沐
浴小池一边浅，白水溅，沙滩闲卧观飞燕。

（2000 年 2 月 14 日）

采桑子·回故乡

湖光水色晴方好，路碎烟尘，明月无声，赏梅流连遇故人。

冲茶细论离家悲，在东西城，书页留心，更至直抒乐乐情。

（2000 年 2 月 15 日）

德荣调·春节感怀

望苍穹长叹，肝肠寸断。月儿低，夜色寒，惨惨凄凄为哪般？

愁怨冲霄汉，泣涕涟涟。山依旧，日上栏，除尽贪腐清明天！

（2009 年 2 月 1 日）

二、曲二首

德荣曲·别友人

　　友人别我出山关，无计且凭栏。古今离别难，满腔愁怨寄空山。一杯浊酒，三声十娘，惆怅又春残。皓月翠柳间，执手相看清泪弹。

　　（2015 年 3 月 23 日）

仙吕·醉中天·致佳人

　　疑是全德在，逃脱受宠灾。曾请东风送车来，醉酒心怀家。重币邀约画才，觑着娇态，笔新点描美桃腮。

　　（2014 年 12 月 4 日）

三、四言诗二首

别友人

何日聚首，
盼到白头。
乌江浪涌，
全是离愁。
（2016 年 7 月 6 日）

文学观

因事而作，
缘情而吟。
意气并重，
浸润初心。
（2016 年 5 月 1 日）

四、杂词二首

夜阑思家

（一）

山一程，水一程，夜深千般景；
风一更，水一更，家远万缕情。
（2016 年 2 月 17 日）

（二）

水变清，山变绿，夜深千灯亮；
风成润，雨成凉，家远万次娘。
（2016 年 2 月 17 日）

五、课文诗十四首

读《促织》杂感（七古）

上喜促织征民间，
倾家荡产岂敢闲。
成名遭陷充里正，
薄财赔光尽悲言。
求神问卜觅生路，
据图捉虫塞官前。
蟋蟀腹裂儿投井，
父母脏催泪流涟。
魂化骄蛐轻捷斗，
因灾得赏似神仙。
（2001年9月5日）

读《<黄花冈七十二烈士事略>序》杂吟

广州云涌惊天地，
抔土荒郊暮霭知。
碧血染袍英气塞，
中华崛起哪能欺？
（2001年9月2日）

杂吟一首

秋风屋破内心苦，
群崽抱茅撒小竹。
永夜沾湿忧众士，
床头漏雨与谁诉？
（2001 年 9 月 8 日）

教《毛遂自荐》杂感

毛君自荐纾国难，
锥处囊中端立现。
分辨冲突依义去，
晓明力信握刀前。
为盟歃血定合纵，
拉楚支援获绩先。
引咎责之达歉意，
强于敌虏仅凭言。
（2001 年 9 月 14 日）

读《殽之战》有感

秦主智昏难纳谏，
野郊兵涌袭敌远。
弦高军犒遽知郑，
秦将谋宣即灭原。
血染殽山豪气振，
责担君穆败兵还。
中心未去腐和轻，
人物细书妙笔传。
（2001 年 11 月 25 日）

《荆轲刺秦王》故事情节

大军压境子丹惶，
揽任荆轲侠义肠。
信物刀藏搭助手，
易河悲泣赴疆场。
蒙嘉厚遗笑阳士，
匕首紧抓赶帝王。
一代英雄成菹醢，
引来千古好诗章。
（2001 年 12 月 20 日）

《荆轲刺秦王》人物性格

焦虑善慈太子心，
豪侠慷慨赞期君。
秦王贪虐极虚弱，
小武勇刚太悚惊。
壮士德仁条件备，
风萧易水猛雄行。
身遭剑砍踞箕骂，
气贯长虹闻古今。

（2001 年 12 月 25 日）

读《<指南录>后序》

形势危急担重任，
为国驱使心安定。
遭拘忍辱更趋北，
图画含悲相抗争。
经历险艰复故土，
觅求兴盛爱轻身。
写诗明志休将弃，
开启后人思虑深。

（1994 年 12 月 3 日）

《鸿门宴》情节二首

一

内奸告密火轻扬，
范父料逆邦欲王。
劝羽缓击将落势，
邀伯速议岂无良？
留侯献计拉增子，
刘汉谎言嫁女郎。
细语主君急讨寇，
鸿门斗智似疆场。

二

手举玉玦目项王，
暗言杀汉莫时丧。
项庄舞剑险形峻，
樊哙撞门弓弩张。
按剑不嗔呼壮士，
吞肩岂惧饮栀觞？
假说如厕急逃走，
矛盾错宗波浪宕。

（2003 年 10 月 30 日）

仁爱·忠诚

仁而下士慧人多，
执辔愈恭手段活。
良苦用心肝胆照，
殷勤请客义心托。
全依侯老出谋策，
且赖如姬救赵国。
料事犹神椎晋鄙，
夺军围解见识卓。

（2002年11月3日）

教《廉颇蔺相如列传》

秦国诈以城更宝，
完璧归君扬美名。
池静相识逐暴帝，
宫幽怒斥退群臣。
不言私怨三谦让，
岂忌廉颇一改心。
将相言欢实为主，
坦诚机智壮臣情。

（2000年9月28日）

《赤壁之战》人物形象

孟德略地占江北，
孙子聚臣商对策。
委派鲁肃联弱友，
拉来刘备破北贼。
言和主战斗顽固，
斫案拔刀谋远绝。
三万精卒船草具，
击杀曹寇堪卓越。
（2000 年 10 月 6 日）

读《南州六月荔枝丹》

乐天言荔领全文，
外部英姿色果形。
莹肉壳薄核蕊茂，
液香味远岭南兴。
古人多著谱书变，
习性少寒成府行。
地衷因宜精养育，
四时几放啖佳宾。
（2000 年 10 月 28 日）

以上课文诗原载于《贵州教育科研》2001 年第 1 期

六、宝塔诗二首

游共青湖

湖

静，平。

播雅，共青。

鳞波闪，荷叶擎。

翠竹浅唱，丹桂高吟。

老翁幽径步，游船细浪行。

舞池灯烁曲和，绿茵椅躺论今。

喇叭声起相送客，挥手频仍不了情。

（2000 年 12 月 23 日）

游梵净山

山

秀，清。

印江，梵净。

群峰耸，百木生。

小径蜿蜒，繁花茂盛。

鸟雀林中绕，游人路上行。

雨细瓦屋磬响，崖悬寺庙云尽。

世间胜景藏底蕴，山下流泉吟古今。

（2012 年 10 月 29 日）

赵必凡墓志铭

父赵讳必凡，字荣华，生于一九一六年三月十七日，祖籍江西临江。

父十四岁入遵义县民群国民小学发蒙。五年级时，长兄家佩出世，家境困窘，被迫辍学。

父先在磨合溪教私塾，收徒二十余，每生月交大洋一圆，米一斗。仅维持一载，奉保长之命，担任所在保之保队副，其职乃抓兵派粮，适值抗战烽火炽烈，甚卖力，以故得罪乡民。父作保队副八年，归而事稼穑。不治产业，家道衰微。

1949 年后，父继续务农，尝为合作社会计，生产队记分员。家居先是茅草土屋两间，后于一九五四年修建瓦屋三间。

"文化大革命"期间，生产队不少人上山伐木，据为己有，父生性耿直，一棵未斫，除日日与生产队出力，一点生意亦未做。严以律己，宽以待人。

改革开放后，余在外读书教书，少顾

家，父古稀之年，仍耕作不息。后随小弟家文生活。七十五岁时，至山牧牛，不慎为牛挤入深沟，摔折左股，未及时治疗。以至于残，常扶小凳而行，甚艰，贫病交加，凄凄催人泪下：一生辛劳无福享，去时无钱旧衣裳。

卒于公元一九九六年十月十日，享年八十一岁，傍母墓而葬焉。墓前青山重叠，树木蓊郁；墓后小山壁立千仞，满山柏树。有子四人，女二人。长子家佩、次子家科、幼子家文，均务农。三子家镛，遵义县一中高级教师。长女家仪、次女家英，均务农。铭曰：

少时勤奋务农耕，忠笃爱国皆为人。
持信守成非利己，朴实敦厚慰平生。

子赵家镛
于公元二零零四年一月二十九日撰

李远珍墓志铭

母李讳远珍，一九一四年十月二十三日出生于遵义县三渡关平湾，幼年丧母，十八岁来归吾父赵必凡。

少有节操，勤于家务。迎寒接暑，夙兴夜寐，忙于菜畦，锄于田间，刈麦斫樵，割草拧麻，洗衣煮饭，纺线织布，挑灯裰衣，辛苦至矣！

三年自然灾害，吾举家蒙冤受曲，室无粒粟。母为集体烹饭，以洗炊具所拾饭粒十余携至家，余年幼无知，乃三日数和白菜、开水独食，视母面黄浮肿之状，不禁潸然涕下耶！

及吾六岁入学，竟日嚷而欲衣新衣，母购蓝布七尺，夜阑人静，一针一线为余缝小中山装，母视余穿笔挺之衣，莞尔一笑。

母勤劳节俭，为节省钱，家中数载唯点桐油灯而已，农暇之时，母上山打五棓子或拾棕板，换钱为吾兄妹市鞋袜。母鸡鸣即起，煮饭，天明至坡劳作，日日如是，年年如斯，以致晚年身子伛偻，仍奔忙不已。母之所为，虽区区小事，亦可动地惊天也哉!

余自廿岁离家，东奔西走，未顾及年迈父母，以至母溘然而逝，竟不瞑目。盖念余之未及时至病榻视之，与弟未婚之事，忧心忡忡，何其哀也!

母在世之时，于磨石堰侧之小山，广植棕树、柏树、翠竹。其殁于一九九零年一月一日，享年七十七岁，葬于生时所指之地。

母育有四子二女，曰：家佩、家仪、家科、家英、家镛、家文。几兄妹或初小、或初中文化，其性勤劳平和，节俭持家。惟余读书十六载，喜读书，尤善古文，作文、吟诗立就，是以为兹墓志铭，以祭母在天之灵。铭曰：

青山雾锁水迢迢，秋尽娄山草木凋。

慈母勤劳湮厚土，恨留魂魄万年飘。

子赵家镛

作于公元二零零四年一月二十八日

##

祭舅兄

呜呼!缕缕夏风兮变凉,湘水波涌兮叶黄。登红军山兮骋望,故乡山青兮云狂。鱼何集兮浮蘋中,鹰何叫兮枯木上。吾兄祥麟凌晨而气绝,妹妹妹夫仰天哭丧。

洛水泻平地,各自东西南北淌。人生亦有命,青松慨叹花无常。酌酒难下咽,天收吾兄赴灵堂!

念兄一生奔竞忙,到老头白尽凄凉,一双儿女年尚小,独处陋室途渺茫。身患绝症未离世,妹妹妹夫侍身旁。

想甥小顺两岁时,身体羸弱胃不畅。尊兄急忙走虾子,抱着小顺医院忙。师瑶两岁不说话,尊兄送甥至贵阳。学才办厂显亏损,为兄四处催款项。家镛每有不顺处,均找舅兄诉衷肠。祥芬祥敏有急事,大哥再忙也到场。

尊兄患癌住医院,姐妹多次来探望。当哥无法入睡时,姐妹昼夜守在旁。不料苍天收哥去，妹妹妹夫忒悲伤。心非木石岂无感，对天哭号震灵堂。亡兄驾鹤赴西境，沿途祥云莫徜徉。谨具果品与酒肴，姐妹长跪兄尚飨!

妹夫：赵家镛
三妹：刘祥敏
公元 2014 年 7 月 24 日

九、现代诗二首

雪啊，我读不懂你（呼告，移用）

雪啊，我读不懂你，
你晶莹，剔透；
有棱，无刺；
冷润，飘逸。（拟人，对偶）
你飘入小河，
和水融为一体；
梨花飞舞，（借代）
鹅毛离地。
如玖月奇迹的旋律，
似琵琶横岭，
如诉如泣。（通感）
你落到山野，
银装素裹，（借喻）
远连天际。
雪啊，我读不懂你，
你漫天不停飘撒，
难道不怕累倒了你？（反问）
你究竟为了谁？（设问）
你孕育着生命，

蕴含着丰收，

预示着未来的含义。（排比，象征）

雪啊，我读不懂你，（反复）

你遍布天宇，（顶真，夸张）

生命永恒，

周而复始，

横空出世！

（2014年2月19日）

一片树林

很远很远的时候，
不知何故？
我们飘落到一处山坡，
发芽、生根，
一棵、两棵、三棵……
逐渐长成树林。

春天，我们长得蓊蓊郁郁，
给大地带来绿意，
天空一片晴明，
空气清新、太清新，
山下的泉水清澄、太清澄，
小草与我们欢快作伴，
百合花与我们友好为邻。
秋天，原野一片火红，
我们的叶子纷纷飘落，
没有一点孤独，
从未感到凄冷。

一天，又一天……
叶子化作了春泥。

来年，一片树林，
绿意盎然，
百鸟也来和鸣。

有一天，
来了一群人，
手执利斧、铁锯，
不顾我们的辩解、申明，
在我们的腰部狂砍、猛锯，
挺直的身躯轰然倒下，
一棵、又一棵……
一片、又一片，
我们的灵魂飘入地下，
只有树根在不断呻吟。
小草在悲泣，
百合花在哀鸣。

我们的身躯不知运往何方，
只留下光秃秃的树桩，
树根在泥土中挣扎，
试图再获新生。
但人们还未尽兴，
将我们连根拔起，

建房，开垦……

一天，又一天，
一年，又一年，
天空很少晴明，
空气不再清新，
泉水也不再清澄，
狂风开始肆虐，
沙尘暴经常光临，
气温不断上升，
可恶的温室效应！
小草开始枯萎、逝去，
百合花早没了踪影。
满山坡染上了石漠化病症。
一个小孩，
冒着烈日，
在光秃秃的山坡上狂奔，
扬起一片灰尘。

许久以后，
人们良心回归，
又来到我们曾生长的地方。
在贫瘠的泥土中播撒树的种子，

种下对环保的虔诚。
人们常来浇水，
细心呵护我们长成。
并在栅栏边插上木牌：
保护这一片树林，
就是保护人类的生命！

（2005 月 5 月 24 日）

十、家训、格言二则

家训一则

重教守训，崇文尚武；
德业并举，廉洁自律。
（2016 年 2 月 6 日）

人生格言

博古通今，韬光养晦；
知权达变，纬地经天。
（2007 月 9 月 1 日）

十一、对联十四副

春风掩映千门柳，
暖雨吹开一径花。

山幽日映千重景，
水秀风吹一径花。

事业兴旺顺心顺意，
家庭和睦同喜同欢。

尽心尽力铁肩担宇宙，
积智积德妙手绣江山。

一支笔纵横宇宙，
三寸舌说尽古今。

话谈千古事，
茶沏一壶香。

寒夜客来茶作酒，
竹炉初沸火初红。

步远当从迩，
登高应自卑。

彩笔描绘千般绿，
丹心铸成万点春。

蒿草之地，或有兰香；
茅茨之屋，或有牛顿。

桂园依绿水，
明月照南山。

水绕闲亭鹅戏水，
山环龙洞岭栖云。

青山绿水凭栏处，千重胜景来眼底；
皓月和风悦目时，万种豪情入文中。

三万里河山尽收眼底，
五千年智慧全在心中。

祭母文

夷牢溪水汤汤兮，青山肃立；

高林长风瑟瑟兮，白鹤号泣；

慈母溘然长逝兮，孝女哀戚。

天不慈悲，天劫慈母；

地不哀怜，地见圹墟。

慈母已殁，其情何诉？

祥敏年幼，饥肠辘辘。

门前伫望，急盼母归。

慈母艰辛，夙兴夜寐。

照顾举家，从未心灰。

啖我以食，教我以书。

育我以德，扶我以珠。

其事琐琐，其情长长。

丹书布帛，难表衷肠！

姊妹二人，与母别离。

远适他乡，相夫教子。

操家理务，赖母心细。

外孙年幼，慈母相依。

母爱如山，千载屹立。

母爱如河，奔流不息。
母爱如日，长存天宇！
家业渐成，慈母永去。
报恩未尽，孝顺不力。
每念至此，悲痛戚戚！
呜呼！自古及今，天人合一。
母息山冈，孤苦孑立。
儿女无奈，仰天叹息：
云雾骤集日色悲，
水凉泊渡鸟低徊。
绥庵公墓葬慈母，
四面峰合千载巍。
果品馐馔，致祭哀伤。
呜呼哀哉！伏维尚飨。

女婿：赵家镛
孝女：刘祥敏
2008 年 3 月 25 日拜祭

十三、附录

直将画笔写春秋

赵家镛，字德荣，号永乐山人，笔名江水，曾用名赵家庸，是遵义市南白中学的正高级教师，中国民主同盟盟员，全国模范教师、省优秀教师、省骨干教师、省五一劳动奖章获得者、遵义市十大杰出建设者、遵义市15851人才精英工程第二层次人才，遵义县十佳人民教师。北京师范大学在职研究生学历。他从事教育工作近三十八年：欣赏桃红柳绿，静观荷擎鱼跃，惯看秋月丹桂，高吟瑞雪寒梅。唯独对党和人民的教育事业一片痴情。用先进的思想、独特的思维和灵活的方式、无私的爱凝结成智慧的画笔抒写教育的春秋。

一、路在脚下延伸

"即使我是一支蜡烛也应'烛炬成灰泪始干'；即使我只是一根火柴也要在关键时刻有一次闪耀"；即使我是一颗流星也要在浩瀚的长空留下美丽的一瞬。1979年8月，赵家镛从遵义师专中文专业毕业以后，正是本着这种信念，开始了教书生涯。先分配到了遵义县茅坡中学教初中语文。发愤读书，研究教材教法。不断总结教育教学经验，很快受到学生的欢迎。至今，他读的书已超过万本，能"笼天地于形内，挫万物于笔端"。

　　1984 年 9 月，他调入遵义县新舟中学担任副校长并教高中语文，常常备课、批改作业到深夜两点钟。受田志诚的影响，向学生传授现代汉语、古代汉语、文学史、文学理论、逻辑学等知识，他深深地知道，要给学生一杯水，自己非得有一桶水，一湖水不可。于是，他系统学习了美国教育学家布鲁姆的目标教学法，学习了魏书生的知识系统树法，钱梦龙的"提问法"，张富的"跳起来摘果实法"，兼收并蓄，形成自己的教学个性。现在又将学习专家爱德加·戴尔的"金字塔"理论运用于语文教学中。

　　1993 年 9 月，他调入遵义县二中教高中语文，担任语文教研组长、副校长。开始了十多种语文教学法尝试，经常写教学反思，对学生进行个案研究，积累了不少有益的经验。

　　2000 年 2 月，他调入遵义县一中，开始进行"目标教学与互动式学习探讨"的实验。提倡学生自主学习，创新学习，形成民主、和谐、合作竞争的学习氛围。每年，他都要担任高中三个班的语文课，兼任班主任工作。充分尊重学生的个性；因材施教，关爱学生，激发起学生的求知、创新、成才的欲望。每年所任高三语文课的班级高考平均分都高出省平均分 10~25 分，语文单科总有学生获得全县前三名。如 2007 年所任教的 3 个班语文平均分为 123.50（省平均分 98.49）、114.54、114.76 分，省及格率为 76.66%，而他教的三个班及格率均为 100%，他所任班主任班级的学生全部被省外重点大学录取，有省理科状元 1 人，省前十名 4 人，有 11 名学生考入北京大学、清华大学。

这些数字，凝结着他对祖国、对党、对人民的爱，对学校、对学生的一片深情。

二、传承文明，无怨无悔

"谁为时代的伟大目标服务，并把自己的一生献给了为人类的幸福而进行斗争，谁才是不朽的。"他坚信，教书是太阳底下最光辉的职业。吸取他人精华，总结自己的经验，并把它传承下去，这是作为一位人民教师对社会应尽的义务。不断捕捉、搜集、过滤信息，为我所用，一个人的思想才不至于僵化。有关报刊上的教育教学文章他必读，并加以摘录或剪贴。用西方的多元智力论和中国传统的教育理论以及当今国内先进的教育理论启迪学生的心智。为了当好班主任，提高升学档次，他认真研读《状元成功之路》一书，作了一大本笔记，每天课前 3 分钟将心得传达给学生，有时有针对性地说几句鼓励学生的话。从 1991 年至今，他在省级以上报刊发表教育教学论文数十篇，所撰写的语文教学论文曾获全国一、二、三等奖，现已出版诗集《空谷竹韵》《龙吟长空》《溅玉飞珠》《论语·解啐》，诗歌合集《清风弄月》和教育专著《坚守教育的信念》。2015 至 2016 年，共在省级以上报刊发表论文 5 篇，其中《文言文阅读策略的整体建构》、《让阅读成为一种新常态和学生创新的源头》于 2016 年 6、7 两月刊登在全国中文核心期刊《中学语文教学参考》上。每学年，他都要自编《唐宋诗词鉴赏 60 首》、《文言文阅读选讲 24 篇》，作为对教材的补充。每学年至少编印三期高中生及名家文章供学生阅读，这些资料在全校学生中翻印、传阅。参加电影课题研究，获得全国一等奖，独立撰写的论文《电影课促进高中生各种表达能力的提升》发表在《贵州民族报》上，自撰、自导、自剪的电影课专题片《春风阵阵助梦飞》获全国一等奖。义务为学校撰写、制作 8 个专题片。现带领各 9 人的研究团队，主持市级课题《高中生阅读与写作策略指导》和省级课题《实用类文本之人物传记对高中生的教育功能与写作实践研究》，已取得阶段性成果。近两年，在市人社局、市教育局的安排下，到绥阳县、新浦新区新舟中学、播州区鸭溪中学进行教育帮扶。

省内媒体称他是"神奇的赵老师"，"状元班主任"。他的事迹写入了《遵义市教育志》，《遵义师范学院校史》，《遵义县志》。他教书 38 年，所教学生 6000 多人，有 1000 多人考上重点大学，有几十人考上北大、清华。学生遍布全国及世界很多地方。学生中有厅局长、科学家、教授、研究员、主任医师等；有的学生成了亿万富翁，几千万富翁；他却收获了一片桃李芬芳。他心情坦然平静："荣誉只能证明过去，成绩还要看将来。"

三、爱生如子，是他生命的流程

"一个人对社会的价值首先取决于他的感情、思想和行动，对增进人类利益起多大作用。"勤奋学习，爱岗敬业，是他不变的信条；爱生如子，扶贫助学，是他恪守的诺言；关爱一切学生，相信人人都是才，培养人人都成才，是他永远的追求；

没有爱，就没有教育。他爱学生，胜过爱儿子。2004年爱人在遵医附院做眼科手术，他把她送进手术室，准备离开时，爱人哭了一场，但因下午有课，他只有选择上课。学生是他生命的全部。母亲去世，他只请了一天丧假；父亲去世，他只请了两天丧假。儿子上大学时，学校已经开学，他只默默地把儿子送上去西安的火车，急忙赶回学校上课。前几天，他爱人因患急性胆囊炎住进遵医附院，急需手术，为了学生的前途，他没有请一天假。他觉得家人为他的事业付出太多太多，对不起妻子、儿子，每每想到这些，不禁潸然泪下。学生经济困难，他慷慨解囊；学生表现不好，他耐心教育；学生成绩差，他想尽各种办法，找准切入点，激活学生智慧的火花，让学生的潜力得到最大限度的开发。他教育学生要爱祖国、爱党、爱人民、爱集体。教育学生："至善至美，内圣外王"，以"仁爱"为本，达到"至乐无乐"的境界，主张"我无为而生有为"。

当教师就要甘于清贫，寂寞，对学生要倾尽爱心。每学年，他都要拿出一定的钱资助学生。付华、冯发箭等人在高中阶段得到他的资助考上大学。2006年9月，他用600多元购买书籍送给家庭经济困难的万树伟、龙昌伦等 12 人，帮助他们完成学业。2007 年 3 月，学生马健打球扭伤了脚，躺在床上不能动弹，他知道后，将马健背到县中医院医治，并给他买牛奶、饼干。垫付 186 元医药费，该生及家长感动得流泪，马健因此更加勤奋，躺在病床上都在学习，赵家镛抽时间为他补课。该生当年考上北京大学数学系。

不管别人怎样看我，赵家镛对他人尽以"仁爱"。学生杨燕、邓茜住在校外，学习生活不方便，要求住校，学校已经没有了寝室，他主动让出自己的办公室给杨燕、邓茜居住。家长感动地说："赵老师爱学生胜过学生父母。"当年杨燕考上了清华大学，邓茜考上了中国人民大学。没有教不好的学生。他经常把 200 多分、300 多分的学生教了考上重点大学，学生张韵涛由 390 分上升到 610 分。

古人崇尚"修身、齐家、治国、平天下"，"立德、立功、立言"，他却崇尚立教、立言、育人、启智。他教书，着重培养学生的创新思维；他写诗，既是继承优秀的文化传统，又充分发挥诗歌的育人功能，传递正能量。如《乘火车去贵阳水口寺》："奇花后退铁龙驰，鸟带夕阳水口西。倘使守仁今尚在，动车闲坐返龙驿。"歌颂贵州发生了翻天覆地的巨大变化。又如《南明河边》"日破云涛万簇新，白鸭戏水雏鹰飞。河边翠柳迎风醉，小女牵翁自在归。"既赞美宁静和平的生活，又歌颂孝顺的传统思想。他把所写的诗抄在黑板上，并作讲解，使学生深受教育。

遵义市南白中学是省级一类示范性高中，领导管理精细，教师非常敬业，学生特别勤奋。民主、和谐、合作竞争的风气特别浓。有利于教师成才，学生成长。

回顾过去，他付给了教育多少深情厚意，清风吹过他脚下的土地，学生都在他心里。三十八年杏坛苦苦耕耘，他始终对教育忠贞不渝。赵家镛说："我从小学读到大学，读到北师大研究生课程班，中学校长培训班，省级骨干教师培训班，主要是国家给的钱。去年暑假，省公务员局、工会还送我去武当山疗养，我没有理由不搞好教育工作。各级党委、政府、工会、教育主管部门领导关怀、培养我，给我增添了无穷的力量，县总工会的亲切关怀，学校领导的高度信任，老师们的真诚合作，学生们的充分信赖，给了我展示才华的平台。"

他将一如既往，在三尺讲台，洒热汗，熬心血。一支笔纵横宇宙，三寸舌尽育桃李。

（该文作者为遵义师范学院教师教育学院院长、教授潘辛毅）

2016 年 6 月 8 日